적응자

적응자 5

초판 1쇄 인쇄일 2015년 3월 25일 **| 초판 1쇄 발행일** 2015년 3월 27일

지은이 네모리노 **| 펴낸이** 곽중열 **| 담당편집 팀장** 이범수
편집부 신연제 이윤아 김호성 김은경

펴낸곳 (주)조은세상 **| 출판등록** 제 2002-23호
주소   경기도 연천군 미산면 청정로 1355
TEL 편집부 02)587-2966 **|** FAX 02)587-2922
e-mail bukdu@comics21c.co.kr

ⓒ네모리노 2014
ISBN 979-11-5512-993-7 **|** ISBN 979-11-5512-764-3(set) **|** 값 8,000원

절대자

5

네모리노 현대판타지 장편소설
NEO MODERN FANTASY STORY

북두
(주)좋은세상

전능자

CONTENTS

NEO MODERN FANTASY STORY

#18. 미궁(迷宮) 2

NEO MODERN FANTASY STORY

적응자

#18. 미궁(迷宮) 2

아나지톤의 등장으로 인해 현실적으로 불가능한 양의 수많은 인적, 물적 자원들이 미궁 안으로 유입되기 시작했다.

그가 미궁 안에 제대로 뿌리를 내리고 자라난 세계수를 이용해 일종의 반영구적인 통로를 만들었기 때문이었다.

일부 일행들의 염려처럼 그들을 습격하거나 방해하려는 움직임은 전혀 보이지 않았다. 마치 그들이 준비하는 것을 기다려주기라도 하듯이….

아무것도 없는 허공에 스크린처럼 펼쳐진 영상을 살펴보던 태초의 마녀 릴리스의 가느다란 손가락이 그녀의 붉은 입술을 훑었다.

"흐응… 저자가 그분이 말씀하셨던 다른 차원의 존재인가?"

금을 녹여 부은 것 같이 찬란하게 빛나는 금발이 무척이나 매력적인 사내의 모습을 살펴보던 그녀의 눈이 요사스럽게 빛났다.

"이대로 그냥 놓아주기에는 너무 아쉬운데?"

본래 그녀가 자신의 마력을 한껏 개방해 만든 이 미궁은 그녀의 허락 없이는 그 누구도 마음대로 드나들 수 없었다.

만약 그분의 명령이 없었다면 그들은 아마도 영원히 그분의 거처를 발견할 수 없었을 터였다.

"이 모든 상황이 의도된 거라는 걸 전혀 모르는 걸까?"

순진한 아이처럼 고개를 갸웃거리는 그녀의 손가락이 투명한 유리처럼 일렁거리는 화면을 손으로 쓰다듬었다.

"그리고 보니 그가 도착할 기미가 보이질 않네?"

그녀가 기다리고 있는 대상은 그분이 자신의 대적자라 명명한 혼돈을 품은 존재, 유건이었다.

마치 어릴 적부터 함께 지내온 것처럼 친근함이 느껴지던 사내.

적
음
자 5

그녀가 고개를 돌려 아무것도 보이지 않는 어둠을 향해 물었다.

"직접 상대해 보니 어떻던가요?"

그녀의 물음에 작은 반딧불처럼 빛나던 빛 덩어리들이 한곳으로 뭉쳐들어 사람의 형상을 만들었다.

"그 끝이 보이지 않을 정도로 무서운 상대더군. 뭐, 아직 조금 미숙하긴 하지만…."

유건과 격전을 치르던 중 홀연히 모습을 감춘 사내. 기사왕 오르도였다.

"만약, 저와 비교 한다면요?"

"허허허, 이거 태초의 마녀께서 그자에게 무척 관심이 많으신가 보군요?"

가볍게 웃으며 그녀와 눈을 마주친 기사왕 오르도가 그녀의 눈빛 속에서 몰아치는 광기를 느끼고는 어깨를 으쓱 거리며 대답했다.

"어둠과 혼돈이라… 그건 맞대봐야 알 것 같군요. 저라면 어둠에 한 표를 던지겠습니다만?"

"호호호호, 입에 발린 말을 무척 쉽게도 하시는군요?"

"저런? 그렇게 들렸다니 조금 서운한데요?"

"이래서 닳고 닳은 사내는 매력이 없다니까."

"오랜 세월 앞에 장사는 없으니까요."

"뭐, 그렇다고 해두죠."

유들유들하게 대답하는 사내 오르도를 향해 코웃음을 날린 그녀가 다시금 공중에 떠있는 화면으로 눈을 돌렸다.

• ▲ •

마치 주인을 잃은 듯 광포하게 날뛰는 몬스터들을 상대하느라 대부분의 가드 요원들은 잠을 잊은 채 이리 저리로 바쁘게 돌아다녀야 했다.

때문에 가드 마스터인 아나지톤의 부름에도 불구하고 이곳으로 모인 이들은 극히 소수에 불과했다.

그럼에도 아나지톤의 얼굴은 시종일관 밝았다.

그는 마틴을 선두로 한 가드 외의 세력들의 의견을 통일하는 일들은 모두 그에게 전담시킨 뒤 마지막 싸움에 목숨을 걸고 참여한 가드 요원들을 한자리에 모았다.

"어느 정도 의견이 조율된 것 같으니 세부적인 내용들을 한번 살펴보도록 하죠."

그간 이루어진 소규모의 전투들을 통해 각자 지

닌 세력들의 장 단점을 파악한 지휘급 요원들의 눈빛이 그 어느 때보다 밝게 빛나고 있었다.

그런 그들의 눈빛 깊은 곳에 자리 잡고 있는 것이 다름 아닌 희망이라는 것을 느낀 아나지톤이 만족한 듯 웃으며 말을 이었다.

"사실, 이곳 미궁 안에서 그자의 거처인 드래고니안 쉘터가 발견된 건 결코 우연이 아닙니다."

그의 말에 담긴 뜻을 알아차린 좌중의 분위기가 무겁게 가라앉았다.

그럴 줄 알았다는 듯이 가볍게 미소 짓고 있는 아나지톤의 다음 말을 기다리는 사람들의 얼굴에 긴장이 서렸다.

"자세한 설명을 위해서 먼저 알려드려야 할 내용이 있습니다. 우리가 더 블랙이라 부르는 그 사내의 정체에 관한 것입니다."

가드의 수뇌부들 중에서도 극히 소수만 어렴풋이 짐작하고 있을 뿐인 더 블랙의 정체.

아나지톤의 입에서 흘러나온 엄청난 발언에 주변은 숨소리 하나 들리지 않을 만큼 적막이 흘렀다.

"더 블랙, 그자의 진정한 정체는 차원 너머에 존재하는 중간계의 조율자이자 블랙 드래곤 일족을 이끌고 있는 마룡 바하무트입니다."

순간 그의 말을 정확히 이해하지 못한 몇몇 사람들이 어리둥절한 얼굴로 주위를 두리번거렸다.

"이곳의 표현을 빌어 쉽게 설명하자면, 전설상의 신수로 등장하는 바로 그 드래곤이라고 보면 되겠군요."

계속해서 이어지는 아나지톤의 허무맹랑한 설명에 모두들 말을 잃은 채 깊은 침묵 속으로 빠져 들어갔다.

신수라니? 드래곤?

이능력자들이 우수수 등장하고 수많은 몬스터들이 이곳저곳을 누비고 있는 세상이긴 하지만 드래곤이라니? 모두들의 어안이 벙벙한 것도 무리는 아니었다.

"이야기가 길어지기는 하겠지만 어느 정도 설명이 더해지지 않으면 이 혼란이 수습되진 않을 것 같군요."

옆에 준비되어 있던 세계수의 찻잎을 달인 차를 한 모금 마신 아나지톤이 천천히 이야기를 시작했다.

"먼저 여러분은 갑자기 등장하기 시작한 몬스터와 이에 대항하는 이능력자의 존재에 대해 의구심을 가져보신 적이 있으실 겁니다."

적음자5

설마? 라는 눈빛으로 자신을 쳐다보는 몇몇의 시선을 마주치며 가볍게 웃어 보인 그가 말을 이어 나갔다.

"여러분도 아시다시피 중국에서 비밀리에 행해진 신창 프로젝트로 인해 차원계에 구멍이 생겼습니다. 이는 더 블랙, 다시 말하자면 블랙 드래곤인 마룡 바하무트가 조율자로서 존재하는 중간계와 이곳 차원계와의 연결 통로를 만들었죠."

"그 연결 통로를 통해 몬스터들이 넘어왔다는 것 정도는 저희도 알고 있는 사실입니다."

손을 들고 발언을 한 인물을 향해 가볍게 고개를 끄덕인 아나지톤이 대꾸했다.

"물론 그 사실이 맞습니다. 다만, 몬스터들은 자체적인 능력이 빈약해서 결코 차원의 연결 통로를 통해 다른 차원으로 넘어갈 수가 없죠."

"그 말씀은?"

"어떤 연유인지는 모르겠지만 차원의 통로가 안정화되지 못한 채 무한히 확장되기 시작했고, 종국에 가서는 두 곳 차원계가 하나로 합쳐지며 소멸될 위기에 처하게 된 것이었죠. 믿고 싶지 않으시겠지만 이를 막아낸 것은 여러분이 그토록 증오해 마지않는 중간계의 조율자, 마룡 바하무트였습니다."

"그자가 우리 모두의 목숨을 구한 셈이로군요?"

"물론입니다. 자신의 방대한 마력을 동원해 차원계의 연결 통로를 안정화 시킨 그는 지나치게 소모한 자신의 힘을 되찾기 위해 기나긴 잠에 빠져들었고, 자신의 일부를 이곳 차원으로 보낸 겁니다."

"그 이유가 무엇이었습니까?"

모두의 궁금증을 적절한 순간에 질문으로 해소해 주는 상대에게 감사의 의미를 담아 눈인사를 한 아나지톤이 대답했다.

"그들의 표현을 빌자면 일종의 유희(遊戲)라고나 할까요?"

"단순한 즐거움 때문에 이런 일을 벌인 거란 말입니까?"

격분하는 질문자와 마찬가지로 나머지 사람들에게서도 노기가 스멀스멀 피어오르기 시작했다.

수많은 이들이 죽임을 당했고, 지금 이 순간에도 생과 사의 경계를 오가는 처절한 삶의 현장들이 단순히 그 자의 즐거움으로 인한 결과였다니?

"그 자를 인간의 잣대로 평가하려 해서는 안 됩니다. 그는 필멸자인 인간과 달리 영원에 가까운 시간을 살아가는 존재이기 때문이죠. 그렇기 때문에 그 존재의 근원과 함께 시작된 시간의 흐름 속에 존재

정음자5

가 사멸되지 않도록, 쉽게 말하자면 미쳐버리지 않기 위해 유희라는 걸 즐기는 거죠."

"그 말대로라면 그자가 이곳에 넘어와서 몬스터들을 이용해 인류를 말살하고자 하는 모든 것이 단순한 유희에 불과하다는 말이로군요."

"정확합니다."

"이런!"

"제기랄!"

여기저기서 분기를 참지 못한 사람들의 다양한 반응이 터져 나왔다.

잠시 시간을 두고 분위기가 수그러들기를 기다린 아나지톤이 입을 열었다.

"하지만! 그렇기 때문에 저희들에게도 승산이 있다는 말씀을 드리고 싶었습니다."

그의 말이 끝나기 무섭게 공기가 일변했다. 개인적인 분노와 이번 결전에 임하는 태도를 구별하지 못하는 머저리는 적어도 이곳에는 없었다.

"처음 말씀드린 것처럼 이곳이 발견된 것은 그렇게 하고자 하는 그의 의도가 있었기 때문입니다. 또한 유희이기 때문에 그는 자신에게 대항하는 상대가 최대한의 준비를 갖추고 오기를 기다리고 있습니다. 저희에게는 무척 유리한 점이라고 할 수 있겠군요. 더군다나 얼마 전 처음 열렸던 가장 큰 차원의 틈을 파괴함으로서 저 차원 넘어 존재하는 그의 본체와 화신체와의 연결을 대부분 끊어버릴 수 있었습니다."

"그 점은 저번 회의 때 설명하셨던 부분이라 충분히 인지하고 있습니다만?"

"지적해주셔서 감사합니다. 언급하셨던 것처럼 지금까지는 중요한 점을 짚고 넘어가는 의미로 말씀드렸습니다만, 거기에 더불어 저희에게는 숨겨진 한 수가 있습니다. 쉽게 말해 더 블랙 그와 맞대결을 펼치게 될 대적자의 존재이지요."

"대적자라니? 대체 누가 그런?"

그의 말에 내부에 모여 있던 이들의 술렁거림이 멈추지 않았다.

"그 대적자는 나의 친우였던 백차승 박사의 오랜 준비를 통해 만들어진 존재입니다. 세상에는 적응자라고 알려져 있죠."

"서, 설마!"

가드 대한민국 지부의 지부장을 맡고 있는 박태민이 누군가를 떠올리며 경악에 찬 소리를 질렀다.

복수할 기회를 만들기도 전에 극비 임무를 수행한다는 명목으로 자신의 정보망에서 자취를 감춘 백유건이었다.

헌데 그가 더 블랙 그자와 맞설 대적자라니?

박태민은 뒤통수를 강하게 얻어맞은 것 같은 기분이었다.

그런 그의 상태를 아는지 모르는 지 아나지톤이 다음 말을 이어나갔다.

"저희는 당대 적응자이자, 진정한 의미로서의 더 블랙에 대한 대적자로서 만들어진 백유건, 그가 도착하는 대로 전투를 시작하게 될 것입니다."

"그자가 더 블랙의 대적자라면 저희들이 해야 할 역할은 무엇입니까?"

최소한의 인원을 제외한 가드의 정예 요원들을 이끌고 이곳에 도착한 아이다타가 핵심을 정확하게 짚어내는 질문을 던졌다.

그의 물음에 아나지톤이 기다렸다는 듯이 대답했다.

"우리가 할 일은 대적자인 유건군이 힘을 온전히 보존한 채로 그의 앞에 도달하게 만드는 것입니다."

        ·   ⁜   ·

그 시각.

곧바로 미궁의 입구를 향해 나아가던 유건 일행은 중간 중간 무리를 지은 채 제대로 된 터를 구축하기 시작한 몬스터 무리들을 발견할 수 있었다.

아무런 말없이 곧장 그리로 하강한 유건의 뒤를 지환과 장 루이는 따를 수밖에 없었다.

유건이 바닥에 내려서자 주변을 돌아다니던 오크 워리어 들이 고개를 갸웃거리며 그의 모습을 살폈다.

자신들의 그것과 거의 유사한 기운을 진득하게 풍기는 유건에게서 무언가 범접할 수 없는 위압감이 느껴졌기 때문이었다.

군데군데 사람의 것으로 보이는 먹다 버린 시체 조각들이 아무렇게나 널려있었다,

주변을 훑어본 유건이 이를 드러내며 웃었다.

"너희들의 본능을 이해 못하는 바는 아니지만…."

그의 등 뒤로 빨려들 것 같은 어둠이 휘몰아치는 열두 장의 날개가 펼쳐졌다.

"사라져라!"

그의 외침과 함께 각기 다른 방향으로 뻗어나간 날개가 수십 수백가닥으로 갈라지며 주변에 있던 수많은 몬스터들을 참살했다.

수를 헤아리기 힘들 만큼 많던 몬스터 군집체였다.

제 아무리 최고의 능력을 자랑하는 이능력자라 할지라도 그들 모두를 혼자서 상대할 수는 없었다.

만부부당(萬夫不當).

삼국지에 등장하는 유명한 장수들에게 경외심을 담아 붙여준 칭호였다.

그러나 제아무리 뛰어난 장수라 할지라도 잘 훈련된 만 명의 병사를 홀로 상대할 수는 없다.

인간이기에 감정이 존재했고, 그렇기에 그러한 인간들이 모여 만들어낸 군대에는 사기라는 것 또한 존재했다.

두려움은 전염이 빠르다.

한명의 병사에게 정말로 만 명분에 해당하는 힘이 있을 리는 만무했다.

그저 사람으로 하여금 두려움에 빠지게 할 만큼의 힘 정도면 충분했다.

적당한 실력발휘와 제때에 맞는 치고 빠지기….

거기다가 상대에게 내가 죽을 지도 모른다는 두려움을 심어주기만 하면 되는 일이었다. 더 나아가 반드시 죽는다는 생각만 갖게 만들어준다면 나머지는 그들 스스로가 붕괴를 자초하게 된다.

그러나 몬스터들에게는 그러한 두려움 자체가 존재하지 않았다.

그들은 태생부터 투쟁의 본능을 타고난 존재들.

두려움이란 것은 뒤를 돌아볼 여유가 있는 자들에게나 허락된 감정이었다.

어차피 그들이 살아가는 세계는 철저한 약육강식의 법칙이 존재하는 곳.

물러선다면 자신들을 기다리는 것은 결국 죽음밖에 없다는 걸 이들은 본능적으로 잘 알고 있었다.

결코 물러서지 않는 일만의 군세.

만부부당이라 불리던 위대한 장수라 할지라도 죽음을 맞이할 수밖에 없는 무서운 상대일 터였다.

그런 그들을 상대로 아무렇지도 않게 손을 쓴 유건의 존재.

그가 수많은 몬스터들을 도륙하는 참살의 현장을 묵묵히 지켜보고 서있던 지환의 이마에서 굵은 땀방울이 흘러내렸다.

자신이라면 저렇게 할 수 있을까?

수많은 이능력자들 중에서도 손가락에 꼽을 만큼 독특한 이능을 각성한 그였기에 불가능한 일은 아니었다.

절름자5

실제로도 그는 이동하는 중간 중간에 발견한 중 규모의 몬스터 군락들은 스스로의 판단으로 없애기 도 했었다.

하지만 이곳에 모여 있는 몬스터들은 하나같이 일반적인 규모의 몬스터 군락들에서 우두머리 역할 을 하던 녀석들이었다.

오크 워리어가 저렇게 쉽게 죽일 수 있는 녀석이 었던가?

지금 저 위에서 녀석들을 지휘하다가 허무하게 목이 잘려 죽은 것은 그 수많은 오크 워리어들 중 유일하게 영웅이라는 칭호가 붙은 녀석이 분명했 다.

자신이 이능을 각성하고 한껏 의기양양해 하고 있을 때 녀석을 만나 죽을 뻔 했던 기억이 떠오른 지환이 허탈하게 웃음을 터트렸다.

"재미있군, 괴물에는 괴물이라 이건가?"

자신에게 달려드는 고블린 워리어 하나를 그대로 짓이겨버린 장 루이가 유건의 모습을 가만히 지켜 보며 말했다.

"뭔가 많이 달라진 것 같은데?"

설명을 요하는 그의 눈빛에 지환이 어깨를 으쓱 거리며 대답했다.

"동양에는 이런 말이 전해지고 있죠, 사별삼일 즉 당괄목상대(士別三日 卽當刮目相對)라, 선비란 모름지기 헤어진 지 사흘이 지나면 눈을 비비고 다시 대하여야 할 정도로 달라져 있어야 하는 법이라는 말입니다."

그의 말에 장 루이가 고개를 갸웃거리며 물었다.

"그럼 유건이 그 선비라는 말인가?"

"푸하하하, 선비라기보다 일반적인 사람을 지칭한다고 보시면 됩니다."

"그렇군."

정말 알아들은 건지 그런 척 하는 건지 무표정한 얼굴로 고개를 끄덕이는 장 루이를 한번 쳐다본 지환이 피식 웃으며 전면을 바라보았다.

"휘유~ 끝내주게 해치우는군요."

"힘의 운용이 점점 더 세련되지는 것 같군."

그의 말처럼 날개를 사용한 유건의 전투 방식이 시간이 지날수록 좀 더 정교해지고 있었다.

처음에는 힘만 가지고 밀어붙이는 투박한 느낌이 강했다면 지금은 힘을 쓸 때와 뺄 때를 정확하게 파악해 자유자재로 휘두르는 노련한 느낌이 들었다.

'그게 이렇게 단 시간에 되는 거였나?'

그곳에 모여 있던 몬스터 무리를 전멸 시킨 유건과 그 일행들은 미궁으로 향하는 동안 발견한 비슷한 군락들마다 그냥 지나치지 않고 똑같은 일들을 반복했다.

물론 그때마다 유건의 능력은 일취월장했고, 그 힘의 완급조절에 있어서는 어지간한 선임 요원들보다 더 노련해보일 정도였다.

'이제야 좀 손에 익는군.'

자칭 기사왕이라고 거들먹거리던 상대와의 일전 이후 유건은 마치 봇물이 터지듯이 흘러나오기 시작한 혼돈의 기운들로 인해 스스로를 주체하기 힘들 지경이었다.

자칫 잘못하다가는 그대로 그 막대한 기운의 거센 물결에 휩쓸려 자아를 상실할 뻔 했다.

참 아이러니 하게도 그럴 때마다 그의 정신을 붙잡을 수 있도록 도운 것은 다른 누구도 아닌 더 블랙이라는 자였다.

그를 떠올릴 때면 그 어느 때보다도 자신이 누구인지 무엇을 해야 하는 지에 대한 강한 확신을 가질 수 있었다.

'고맙다고 해야 하나?'

피식 웃은 유건이 이제는 아예 편안한 자세로 자리를 잡고 앉아 기다리고 있는 지환과 장 루이를 향해 걸어갔다.

"기다려 주셔서 감사합니다."

고개를 숙이며 정중하게 건네는 유건의 인사에 지환이 손사래를 치며 가볍게 웃었다.

"괜찮아, 충분히 그럴만해 보였으니까. 그래, 조금 적응은 됐고?"

"네, 완벽한건 아니지만, 그래도 이젠 어느 정도 손에 익네요."

손바닥 위에 만들어낸 작은 혼돈의 조각을 이리저리 움직여가며 자유자재로 모양을 바꿔 보인 유건이 그를 마주보며 웃었다.

그런 그의 귓가에 장 루이의 묵직한 저음의 목소리가 들려왔다.

"갑자기 얻게 된 강한 힘은… 자칫 잘못하다간 먹혀버릴 수 있으니 조심하는 게 좋아."

그의 무뚝뚝한 말투 속에 담긴 정을 느낀 유건이 환하게 웃으며 대답했다.

"명심하겠습니다. 감사해요."

"크흠, 감사는 무슨…."

별다른 반응이 없어 보이는 얼굴이었지만 나머지 두 사람은 그가 쑥스러워 하고 있다고 느꼈다.

작게 키득거린 유건이 훨씬 작아졌지만 그만큼 안정되어 보이는 두 장의 날개를 꺼내들고 공중으로 떠올랐다.

"이젠 속도를 좀 내볼까요?"

"바라던 바야."

"음."

앞서 날아가는 유건의 속도는 지금까지와는 비교할 수 없을 만큼 빨랐다.

눈을 뜨기 힘들 정도의 속도로 날아가는 유건을 쫓아가던 지환이 인상을 찌푸렸다.

자기 한 몸이면 모를까 무뚝뚝한 얼굴로 자기 몸만 한 얼음덩어리 위에 앉아 있는 장 루이까지 챙기려니 더 이상 속도를 내기가 버거웠기 때문이었다.

그렇다고 앓는 소리를 낼 수도 없는 노릇. 이를 악다문 지환이 이능력을 강하게 끌어냈다.

그런 뒤의 상황을 아는지 모르는지 앞서 날아가던 유건이 자신의 몸 안을 강하게 휘도는 혼돈의 기운을 느끼며 골똘히 생각에 잠겼다.

지금은 마치 순한 양처럼 고분고분해졌지만 또 언제 들불처럼 일어나 자신의 몸을 **빼앗으려** 할지 모른다는 생각을 지울 수가 없었다.

마치 길들여지지 않은 야생마의 등에 올라탄 기분이었다.

그렇다고 두려운 건 아니었다. 왠지 모르게 자신의 몸이 혼돈의 기운을 다루는데 있어서 최적화되어 있다는 느낌이 들었기 때문이었다.

어렴풋하게 인식하고 있던 것이 이번 기회를 통해 확연하게 다가왔다.

'이것도 아버지의 안배인 건가?'

왠지 모를 씁쓸함이 몰려왔다. 세상을 구하기 위해 자기뿐만 아니라 자신의 아들까지 희생하기로 선택한 아버지.

만약 자신이라면 그런 상황에서 어떻게 행동했을까?

유건이 쓰게 웃으며 고개를 좌우로 흔들었다.

자신이었다면, 아마도 내 소중한 사람들을 지키기 위해 도망을 치던지 했을 것이 분명했다.

어차피 다 죽는 판에 그게 무슨 소용이 있느냐고 묻는다면 할 말이 없지만, 인간은 그런 거창한 대의명분 때문에 눈앞에 있는 가족을 희생할 수 있을 만큼 그렇게 냉철하지 못한다. 분명 대부분은….

'아버지는 그렇지 않으셨지만….'

아버지는 그게 모두를 구하고 궁극적으로 자신의 가족까지 구할 수 있는 길이라 여겼을 것이 분명했다.

적어도 지금의 자신의 상황을 본다면, 어느 정도 그분의 예상대로 흘러가고 있는 것만은 분명해 보였으니까.

'이길 수 있을까?'

이만한 힘을 각성하고 난 후였음에도 불구하고 유건은 저번에 직접 대면했었던 더 블랙을 떠올리고는 이내 고개를 내저었다.

솔직히 말하자면 자신이 없었다.

길고 짧은 건 대봐야 안다지만, 그것도 어느 정도 비슷할 경우에나 해당되는 이야기였다.

끝없는 무저갱.

그를 대면했을 때 느꼈던 막막함은 마치 그것을 대면했을 때와 같은 기분이었다.

격이 다른 강함, 존재 자체에서 느껴지는 위압감.

그 모든 것이 눈앞에 서있던 그 사내가 자신과는 다른 존재라고 말해주고 있었다.

이 혼돈의 힘은 분명 그자와 대적할 수 있는 힘을 제공해 줄 수 있을 터였다.

그러나 이를 사용하는 자신의 상태는 그자와 격이 달라도 한참 달랐다.

마치 개미가 명검을 들고 노련한 검사에게 덤벼드는 기분이랄까?

자꾸만 작아지려 하는 자신의 상태를 인지한 유건이 피식 웃으며 저만치 보이는 미궁의 입구를 바라보았다.

'어차피 그건 지금 내가 걱정할 일이 아니지. 난 혼자 싸우는 게 아니니까.'

잠시 잊을 뻔 했지만, 자신에게는 그 누구보다 믿을 수 있는 듬직한 동료들이 있었다.

왠지 모르게 낯간지럽다는 생각에 뒷머리를 긁적거린 유건이 미궁의 입구가 보이는 곳을 향해 급전직하 했다.

바닥으로 내려선 유건은 뒤따라 내려선 두 사람의 기척을 느끼며 요사스런 붉은 빛을 띠고 있는 2m정도 크기의 포탈 안으로 성큼 들어섰다.

　　　　　　　・　✦　・

어느 정도 시간이 흐른 뒤부터는 마치 기다렸다는 듯이 대규모의 몬스터 군단이 그들이 구축해 놓은 진지를 향해 몰려들었다.

투타타타!

퍼어엉!

푸콰콰콱!

"으악!"

갑자기 날아든 거대한 미노타우르스의 등장에 전방에서 일차 방어선을 형성하고 있던 병사들이 비명을 지르며 뒤로 물러섰다.

"막앗! 오른쪽! 거기 뚫리면 너부터 죽을 줄 알아!"

전쟁터에서 도망치는 아군들의 목을 베던 독전관처럼 침을 튀기며 고함치는 장교의 말에 후방에서 대기하고 있던 군인들이 일제히 탄착군을 형성하며 달려드는 몬스터 무리들을 저지하기 시작했다.

"쿠오오오오!"

전진하려 애쓰던 미노타우르스가 비명을 질러대며 조금씩 뒤로 물러섰다.

이렇듯 대 몬스터 전용으로 개발된 특수 탄환 덕분에 기존 무기들로도 충분한 저지력을 발휘할 수 있었다.

거기다가 아나지톤의 지휘아래 각자 목적을 달리

하는 여러 단체들이 연합함으로써 각자 독자적으로
개발해온 신형 무기들이 속속 모습을 드러내며 각
성자가 아닌 일반 군인들의 활약을 도왔다.

저 엄청난 숫자의 몬스터 무리들을 본다면 왜 각
성자가 아닌 일반 군인들이 이곳에 이렇게 몰려들
어 있는지를 충분히 이해할 수 있었다.

그들이 한 축을 담당해줬기에 대부분의 각성자들
이 좀 더 여유를 가지고 침착하게 방어진을 구축할
수 있었다.

그렇게 그들이 아나지톤의 지시를 기다리며 방어
전을 벌이고 있는 사이 그의 입에 달려있던 미소가
짙어졌다.

"드디어 왔군요, 유건."

그의 혼잣말이 끝나기 무섭게 엄청난 기세로 몰
아붙이던 몬스터들의 기세가 한풀 꺾이며 뒤로 물
러섰다.

마치 썰물처럼 빠져나가는 놈들의 모습을 허망하
게 바라보며 그 영문을 몰라 두리번거리던 한 지휘
관의 눈에 거대한 검은 날개를 활짝 편 채 진중을
향해 내려서는 사내의 모습이 들어왔다.

"유건!"

"오빠!"

"왔구나 하하하하."

제일 먼저 그를 알아본 동료들이 중앙으로 달려 갔다.

"어이쿠! 이러다 넘어질라."

몸을 날리듯 안겨온 성희를 가볍게 안아들고서 환하게 웃는 유건을 향해 하루나가 한마디 했다.

"그럴 때는 그냥 잘 다녀왔어, 한마디 하는 거 야."

고개를 돌려 그녀에게 눈인사를 건넨 유건이 자 신의 품에 고개를 파묻은 채로 흐느끼고 있는 성희 의 머리를 부드럽게 쓰다듬었다.

"잘 다녀왔어."

"으응."

울먹이는 목소리로 대답한 성희가 한참 만에 고 개를 들었다.

"어디 다친 데는 없고?"

"응, 난 괜찮아. 오빠는? 괜찮아?"

"나야 뭐, 워낙 튼튼하잖아. 하하하하."

그런 애틋함이 오고가는 두 사람의 대화를 듣고 있던 제임스가 휘파람을 불어가며 말했다.

"휘유~ 어디 애인 없는 사람 서러워서 살겠나?"

"에엑. 그, 그런 거 아니거든요!"

화들짝 놀라 유건의 품에서 떨어진 성희가 두 볼이 붉게 달아오른 채로 빽 하고 소리를 질렀다.

　"어라? 누가 뭐래? 왜 그렇게 흥분하고 그러실까~요오~"

　"이익! 진짜! 자꾸 그러면 가만히 안둘 거예요!"

　"이크! 도망가자~!"

　익살스런 그의 행동에 유건의 주변을 둘러싸고 있던 이들의 얼굴에 웃음이 피어올랐다.

　"흠, 많이 성장했구나?"

　철환의 말에 유건이 가볍게 고개를 끄덕이며 답했다.

　"어느 정도는요… 그건 그렇고, 사람들이 좀 많네요?"

　소수 정예로 움직이던 지금까지와 달리 이곳 내부에는 사람들이 지나칠 정도로 많았다.

　규율이 잘 잡혀있는걸 증명하기라도 하듯이 웅성거리던 주변이 이내 금방 정리가 됐다.

　"말 그대로 총력전이니까."

　하루나의 말에 담긴 의미를 곧바로 알아차린 유건의 눈이 커졌다.

　"그 말은?"

　"거기에 대한 답은 제가 해드리는 게 좋겠군요?

오랜만입니다 유건.”

부드러우면서도 묘한 위엄이 서려있는 말투. 귀에 익숙한 그 음성의 주인공은 바로 아나지톤이었다.

“잘 지내셨습니까?”

“그래요, 덕분에… 그건 그렇고 생각보다 각성이 빨랐네요? 제가 도울 일이 점점 줄어드는 것 같아 조금 아쉬운데요?”

“뭐, 어쩌다보니… 그보다, 조금 전 하루나 누나가 총력전이라고 하던데?”

“이곳 내부에서 더 블랙 그가 거하는 곳을 발견했어요. 그래서 마지막 결전을 대비해서 모든 힘을 이곳으로 모으고 있는 중입니다.”

“아!”

그제야 미궁 안으로 들어서자마자 이곳저곳에서 무수하게 느껴졌던 강력한 기운들의 정체를 알아차린 유건이 가볍게 탄성을 터트렸다.

“안녕하십니까 마스터.”

“오랜만이오.”

유건과 동행한 지환과 장 루이의 말에 아나지톤의 얼굴에 환한 미소가 지어졌다.

“오오! 어서 오세요. 사랑하는 나의 동지들이여.”

그의 낯간지러운 발언에 장 루이의 입에서 연신 헛기침이 터져 나왔다.

지환은 애초에 아나지톤과의 긴밀한 관계를 맺고 모종의 임무를 수행하기 위해 떠났다가 돌아온 것이니만큼 저런 반가운 인사를 나누기에 적합했지만, 자신은 아니었기 때문이었다.

"시간의 흐름을 다룰 줄 아는 분을 다시 만나 뵙게 돼서 무척이나 반갑습니다."

다시금 이어지는 아나지톤의 정중한 인사에 장 루이가 자세를 고쳐 잡고 공손하게 인사를 건넸다.

"알고 계셨군요?"

"당신이 각성하기만을 기다렸었죠. 다행히 타이밍이 무척이나 잘 맞았습니다."

"그렇습니까?"

"네, 장 루이 당신은 더 블랙 그자에게 한방 먹이기 위해 우리 측에서 준비한 히든 카드중 하나거든요. 후후훗."

"히든카드? 그중 하나?"

"자세한 내용은 안에 들어가서 설명 드리도록 할까요? 여기저기서 느껴지는 눈길이 너무 따갑군요."

가볍게 웃으며 주변을 한차례 훑어본 아나지톤의

시선을 피하기 위해 분주하게 움직이는 여러 인물들이 있었다.

제 아무리 전 인류의 운명을 건 총력전이라 할지라도 각기 다른 생각과 뜻을 품은 이들이 한자리에 모였기에 다양한 첩보전이 수면 아래에서 숨 가쁘게 펼쳐지고 있었다.

이를 모를 리 없는 아나지톤이었지만, 한차례 미소를 짓는 것으로 이를 더 이상 화젯거리로 삼지 않았다.

그 주변에 있던 이들 중 아나지톤의 말 속에 담긴 뜻을 못 알아들을 만큼 우둔한 사람들은 없었기에 다들 말없이 지휘처소로 발걸음을 옮겼다.

지휘 처소 안으로 들어선 사람은 유건과 함께 도착한 두 사람, 그리고 아나지톤의 명을 수행하던 이들뿐이었다.

다시 말해서 그와 직접적으로 연관된 이들 뿐이라는 말이었다.

어느 정도 안면이 있는 이들 외에 서로 처음보거나 어색한 사람들도 꽤 있었기에 서로 간단히 인사를 나누도록 티타임을 가졌다.

세계수 찻잎을 끓여 만든 차를 나눠든 이들이 저마다 취향대로 이를 입에 가져다 댔다.

적당히 식은 찻물을 단숨에 들이켠 철환이 아나지톤을 향해 물었다.

"정확히 마스터께서 세우신 계획이 무엇인지 궁금하군요. 아무래도 많은 숫자가 한자리에 모이다 보니 어중이떠중이들도 제법 많은 것 같아서 신경에 거슬리던데."

그와 같은 기분을 느낀 이들이 저마다 고개를 끄덕이며 그의 의견에 동조했다.

개중에는 몬스터의 시체를 포획해서 자신들의 진지로 끌고 가는 게 주목적인 이들도 있었고, 다른 측의 요인들을 포섭하느라 총력을 기울이는 이들도 있었다.

이유야 어찌되었든지 간에 최종 목적과 달리 자신들의 이득을 챙기기 위해 분주한 건 마찬가지였다.

"그건 어차피 예견한 일이었습니다. 애초에 그렇게 자신들이 얻을 것이 없다면 아무런 힘도 보태지 않았을 사람들이니까요."

"그 말은?"

"미리 이야기가 된 상황이라는 겁니다. 아! 물론 비공식적으로 말이죠. 후후후후."

들고 있던 찻잔을 기울여 향과 함께 차가 주는 청

량한 기분을 한껏 만끽한 아나지톤이 다시금 입을 열었다.

"제대로 된 주력은 아마도 여기 모여 있는 여러분 들이 아닐까 싶습니다."

그의 말에 하루나가 고개를 갸웃 거리며 말했다.

"아무리 여기에 모여 있는 분들이 지닌 능력이 뛰어나다 해도, 이걸로는 한참 모자랄 것 같은데 요?"

"맞습니다. 모자라지요. 그 모자란 부분은 유건 씨가 모두 메워 줄 겁니다. 그렇죠, 유건씨?"

"에? 컥! 쿨럭 쿨럭~!"

차를 마시다 말고 전혀 예상치 못한 시점에 튀어 나온 자신의 이름을 듣고 사레가 걸린 유건이 연신 콜록댔다.

그의 등을 부드럽게 쓰다듬는 성희 손에서 부드 러운 기운이 유건의 몸 안으로 자연스럽게 스며들 었다.

"어라?"

그 순간 사납게 휘몰아치던 유건의 기운이 마치 순한 양이라도 된 것처럼 얌전히 그녀의 기운을 받 아들였다. 그리고 이내 기침이 가라앉았다.

"아, 고, 고마워."

멍한 얼굴로 인사를 건네는 유건을 향해 가볍게 웃은 성희가 아나지톤을 쳐다보았다.

"겉보기에는 별로 미덥지 못해 보일지는 모르겠 지만…."

짓궂은 그의 말에 유건을 아는 이들의 얼굴에 작은 미소가 걸렸다.

"당대 적응자이자, 진정한 의미에서 유일한 적응 자인 그가 현 시점에서 우리가 지닌 가장 강력한 무기입니다."

"그렇군요. 하지만 그의 어떤 면이 더 블랙 그자 를 상대할 수 있다는 건지에 대해서 알기 전에는 쉽게 납득하기가 힘드네요."

마틴의 곁에 서서 차를 홀짝거리던 캐빈이 눈을 번뜩이며 말했다.

"그럴 수도 있겠네요. 그럼 유건에게 한 가지만 묻죠. 유건?"

"네?"

"솔직하게 말해주세요. 만약 여기에 모여 있는 모든 이들을 적으로 두고 상대한다면 전부 해치우는 데 얼마나 걸릴 것 같나요?"

"……!"

갑작스런 그의 물음에 유건의 눈이 휘둥그레졌다.

그런 그를 향해 부드러운 미소를 지은 아나지톤
이 말했다.

"진짜로 그러라는 게 아니니까 자신의 솔직한 생
각을 얘기해주면 되요."

지금 이곳에는 가드 전 지부들 중에서도 발군의
실력을 자랑하는 대다수의 이능력자들과, 수많은
대 몬스터 전용무기로 무장한 병력들이 가득했다.

게다가 그 끝을 알 수 없을 만큼 강력한 능력을
발휘하는 가드 마스터인 아나지톤까지.

내가 이들을 상대한다면?

진지하게 그가 한 말을 떠올린 유건이 처음 미궁
안으로 발을 내디뎠을 때 느낀 바를 솔직하게 털어
놓았다.

"만약, 적이라고 가장하고 전력을 다한다면… 반
나절이면 충분할 것 같네요."

"뭐?!"

"그, 그게 무슨!"

그냥 웃으며 지나치기에는 엄청난 의미를 내포한
유건의 폭탄 발언에 지휘 처소 내부의 공기가 무겁
게 내려앉았다.

어지간한 일에는 더 이상 놀라지 않으리라 다짐
했던 하루나조차 놀람을 감추지 못했다.

그녀가 각성한 특유의 멀티태스킹 능력으로 계산을 해봐도 그의 말대로 되려면 유건이 지닌 힘이 어느 정도나 되어야 하는 것인지 쉽게 계산이 되지 않을 지경이었다.

게다가 그는 대수롭지 않다는 얼굴로 담담하게 말했다. 결코 웃고자 하는 의미를 담은 농담 따위가 아니라는 뜻이었다.

여기에 모여 있는 이들 모두를 섬멸하는데 반나절이라?

그 말인 즉, 그보다 더 뛰어날 것이 분명한 더 블랙 그자의 입장에서 봤을 때 우리들이 구성한 이 병력 자체가 무척이나 하찮게 느껴질 거라는 의미를 은연중에 내포하고 있었다.

물론 그는 거기까지 염두에 두고 한 말이 아니었겠지만….

자신이 지닌 능력에 대한 자부심이 남다른 지환이나 장 루이, 그리고 철환조차 미간을 조금 찌푸렸을 뿐 별다른 반박을 하지 않고 있었다.

왜냐하면 그들 중 가장 강할 것이라고 은연중에 느끼고 있었던 아나지톤의 표정이 한결같았기 때문이었다.

"물론 그 가정은 저까지 포함했을 경우겠죠?"

"아! 마스터까지 포함한다면, 조금 더 걸릴 수도 있겠네요."

그의 물음에 유건이 뒷머리를 긁적이며 답했다.

"허!"

여기저기서 기가 찬다는 의미의 한숨이 터져 나왔다.

'별로 대단하게 보이지 않는데, 저자에게 그만한 힘이 숨겨져 있었나?'

그간 마틴이 보아온 아나지톤이라는 이는 결코 허언을 할 만한 인물이 아니었다.

그가 그저 웃자고 저런 이야기를 할리도 없었으니, 그 말은 곧 유건 저자에게 정말로 그만한 능력이 있다는 것을 뜻했다.

유건은 왜 사람들이 저런 표정으로 자신을 쳐다보는지 의아한 얼굴로 두리번거렸다.

이번에 힘을 온전히 각성한 덕분에 세상을 보는 눈이 많이 달라졌다는 건 전혀 깨닫지 못한 그였기에 마치 '당연한 걸 말한 것뿐인데 왜 저러나?' 하는 표정이었다.

그런 그의 곁에서 돌아가는 상황을 가만히 지켜본 성희는 왠지 모르게 우쭐한 기분이 들었다. 주변의 묘한 기류에 실린 것이 유건이 지닌 압도적인 힘에 대한 사람들의 각기 다른 반응이란 것을 느낄 수 있었기 때문이었다.

'오빠가 엄청 강해졌나보구나.'

그렇게 잠시 동안 여러 가지 생각들이 장내를 가득 채워갈 때 즈음 아나지톤이 품에서 세계수의 풀잎을 엮어서 만든 아기자기한 모양의 팔찌들을 꺼내들었다.

"자, 역시 말보다는 행동이겠죠? 제임스? 이걸 사람들에게 좀 나눠주겠어요?"

제임스를 통해 건네받은 팔찌를 손에 들고 설명을 기다리던 사람들에게 아나지톤이 입을 열었다.

"사실 이건 숲의 일족인 저희들에게나 허락된 거긴 하지만 제가 이번만 특별히 세계수에게 허락을 구했습니다."

"대체 뭘 말입니까?"

"이걸 통해 여러분은 세계수 내부에 존재하는 거대한 공간에 들어갈 수 있게 됩니다. 이곳과는 전혀 다른 차원이죠. 정확히 말하자면 이곳 미궁과 같은 아공간이라고 생각하시면 됩니다. 거기서 벌어지는 모든 일들은 이곳에 존재하는 여러분의 본체에 아무런 영향을 미치지 않죠. 즉, 육체를 제외한 정신적인 경험들만 축적되게 됩니다."

"그 말은?"

그의 설명을 통해 무언가를 깨달은 하루나의 눈이 휘둥그레졌다.

"역시 하루나양이 이해가 빠르군요."

"제가 이해한 게 정확하다면, 우리 모두는 그곳에 들어가서 상처를 입거나 죽는 걸 걱정하지 않고 무한히 실력을 겨뤄 그 경험을 고스란히 이곳으로 가져올 수 있다는 겁니까?"

"정확해요, 한 가지 덧붙이자면 그곳과 이곳과의 시간의 흐름이 판이하게 다르다는 것이죠."

"얼마나 다른 거죠?"

"대략 백배정도? 아마 그 정도로 느릴 겁니다."

"오오!"

그의 설명대로라면 이는 능력을 갈고 닦길 원하는 이들에게 있어서 엄청난 기회였다.

"단, 그 정신적인 경험들을 온전히 받아들이지 못할 경우 미쳐버리거나, 다시는 정신을 차리지 못할 수도 있습니다. 물론, 그 한계에 다다르지 않도록 제가 돕겠지만요. 후훗."

지금 상황에서 이보다 더 좋을 수 있을까?

눈빛이 달라진 여러 사람들을 천천히 둘러본 아나지톤이 말을 이었다.

"반대하시는 분은 없는 것 같으니, 그럼 들어가 볼까요? 모두들 팔찌를 착용하시고, 명상을 할 때처럼 마음을 가라앉혀주세요. 그게 어려운 분들은 그냥 평소처럼 잠이 든다고 생각하시면 됩니다."

가부좌를 틀고 눈을 감은 캐빈과 달리 어색해 하는 마틴을 배려한 그의 마지막 설명에 쓴웃음을 지은 그가 근처 의자에 앉아 편안하게 몸을 늘어뜨렸다.

"그럼 갑니다!"

몸이 통째로 어디론가 빨려 들어가는 이질적인 느낌이 들었다.

유건은 자신이 평소와 다른 곳에 와있다는 것을 직감할 수 있었다.

눈을 뜨자 어리둥절한 얼굴로 주변을 둘러보는 여러 사람들의 모습이 보였다.

"이곳은 세계수의 내부에 존재하는 또 다른 공간입니다. 어지간한 충격으로는 망가지거나 훼손되지 않는다는 장점이 있죠."

그의 설명에 세계수로 보이는 비슷한 나무들로 가득한 주변을 둘러보던 이들이 천천히 고개를 끄덕였다.

"그럼, 아까 유건이 한 말이 정말이었는지 한번

경험해보도록 할까요? 후후훗. 유건?"

"네?"

"정말 적이라고 생각하고 최선을 다해주길 바랍
니다."

"그래도 될까요?"

"걱정 마세요, 여기서 상처를 입는다고 해서 실제
로도 그런 건 아니니까요. 기억나죠? 예전에 마법
진에서 경험했던 환상들."

"아, 그때 그!"

"맞아요, 그 마법진은 이곳을 본 따 만든 조잡한
장난에 지나지 않아요. 그러니 이곳에서 만큼은 마
음껏 힘을 개방해도 좋습니다."

그의 눈빛이 변하자 이내 주변에 엄청난 살기가
내려앉았다.

마치 공간 그 자체가 자신들을 대적하는 기분이
었다.

"헉!"

"이… 이게 뭐야?"

유건의 진면목을 제대로 경험한 적 없었던 이들
이 화들짝 놀라 자신도 모르게 뒤로 한참을 물러섰
다.

"흐음…."

심지어 그와 가장 오랜 시간을 함께 하며 그의 성장을 지켜보았던 철환마저 놀란 기색을 감출 수 없었다.

놀라서 주춤거리는 일행들의 모습을 둘러보며 아나지톤이 만족스러운 듯 미소를 머금었다.

"할 수 있는 건 모두 해봐야 후회가 없지 않겠습니까."

아나지톤이 누구에게 하는 건지 모를 말을 중얼거리며 본격적으로 힘을 개방하기 시작한 유건의 모습을 지켜보았다.

·   ⋏   ·

"허억 허억, 괴, 괴물 같은 녀석."

제임스는 자신이 전력을 다해 날려 보낸 불길을 단숨에 날려버린 유건의 믿기 힘든 괴력을 떠올리며 혀를 내둘렀다.

처음에는 우물쭈물 거리던 일행들은 유건이 작정하고 힘을 개방하기 시작한 이후부터 마치 살기 위해 본능적으로 행동하는 무리들처럼 서로 모여들기 시작했다.

자신의 스승인 아나지톤이 만들어낸 공간이었기

에, 그 안정성 여부에 관해 이견은 없었지만 그래도 만에 하나 이곳에서 심각한 타격을 입게 된다면 본체에 손상이 가지 않으리란 법은 없었다.

이마에서 흘러내리는 굵은 땀방울을 닦아낸 제임스가 속으로 애가 탄다는 듯 소리쳤다.

'야! 하루나~! 뭘 좀 어떻게 해봐!'

그의 재촉이 아니더라도 하루나는 자신과 연결된 아군들의 전력과 상태를 조율하며 최상의 조건으로 유건을 상대하기 위해 안간힘을 쓰고 있는 중이었다.

그녀의 능력인 멀티 태스킹이 과열되어 머리에서 김이 모락모락 날 지경이었다.

그나마 초장에 전멸하지 않은 것은 저 앞에서 유건의 그 무지막지한 공격을 제법 선전하며 잘 막아내고 있는 성희 덕분이었다.

상성 상 우위에 있는 건지 아니면 유건이 성희이기 때문에 어느 정도 봐주는 건지는 몰라도 덕분에 제일먼저 패닉 상태에서 벗어난 그녀의 지휘 아래 모든 인원들이 제법 봐줄만할 정도로 움직일 수 있는 정도까지는 어찌어찌 만들 수 있게 되었다.

'이 정도로 만족하진 않겠지만….'

한쪽에서 양측의 공방을 유심히 지켜보고 있는
아나지톤의 모습을 흘깃 쳐다본 하루나가 아랫입술
을 깨물었다.

"꺄아아~!"

결국 버텨내지 못한 성희가 비명을 지르며 뒤로
날아갔기 때문이었다.

"제가 받겠습니다!"

어딘지 모르게 위화감이 들 만한 형태로 변이한
마틴이 튀어나가며 외쳤다.

"웃차!"

맹렬하게 회오리치며 날아드는 성희를 요령 있게
잘 받아낸 마틴이 곧바로 뒤로 후퇴했다.

그녀의 뒤를 따라 유건이 몸을 날려 왔기 때문이
었다.

"이 놈!"

뒤로 물러서는 마틴을 뛰어넘어 날아든 장 루이
가 그런 유건을 향해 거대한 팔을 휘둘렀다.

쩌엉!

하늘의 신장처럼 엄청난 위압감을 선사하는 장
루이의 일격에도 전혀 아랑곳 하지 않은 채 마주 내
지른 유건의 주먹이 그의 주먹과 정면에서 부딪혔
다.

곧이어 밀려오는 엄청난 거력!

장 루이는 손목이 으스러지는 고통에 미간을 찌푸리며 곧바로 최근 본격적으로 각성하기 시작한 자신만의 이능을 발현시켰다.

그를 중심으로 시간의 흐름이 왜곡되기 시작했다.

본래대로라면 손목을 타고 올라가 어깨까지 부숴버릴 만큼 강력한 힘의 소용돌이가 그의 본체를 비껴나갔다.

그 왜곡된 시간의 흐름 속에서 장 루이는 마치 무언가에 홀리기라도 한 것처럼 유건의 눈을 바라보았다.

'웃어?'

시종일관 무표정하던 유건의 얼굴에 은은한 미소가 걸려있었다.

그리고!

그가 왜곡시킨 시간의 흐름이 본래대로 되돌아왔다.

'마, 말도 안 돼!'

그는 왼팔을 관통하는 격통에 인상을 찌푸리며 뒤로 한참을 더 날아가 아무렇게나 나뒹굴었다.

"흐음, 꽤나 재미있는 힘을 사용하시는군요."

시간을 제어한다?

무척이나 매력적인 능력이 아닐 수 없었다.

그러나 유건이 지닌 혼돈의 힘은 그 시간의 흐름 자체를 먹어치울 만큼 광폭하고도 밀도가 높은 태초의 근원에 한없이 가까운 능력이었다.

가만히 멈춰 서서 주변을 한차례 둘러본 유건이 가벼운 숨을 내쉬며 힘을 거둬들였다.

"오늘은 이정도로 하는 게 좋을 것 같군요."

그의 눈에 비친 동료들의 모습이 무척이나 엉망이었기 때문이었다.

굳이 그의 말이 아니어도 싸움을 멈추려고 마음먹고 있었던 아나지톤이 곧바로 사람들을 본래의 몸으로 귀환시켰다.

모두를 돌려보내고 난 뒤 단 둘만 남게 되자 유건에게 가까이 다가온 아나지톤이 천천히 입을 열었다.

"이젠 제법 힘을 통제할 수 있게 되었군요. 유건?"

그의 말에 유건이 오른손을 쥐었다 폈다 하며 말했다.

"여전히 말을 잘 안 듣긴 하지만요. 그래도 예전에 비해서 많이 나아진 것 같습니다."

"그것참 다행이로군요. 그것보다 어떻습니까? 직접 겪어본 일행들의 능력이?"

"지금의 제 전력과 비교한다면 더 블랙 그자의 힘

은 어느 정도나 되죠?"

"대략 6-7배쯤?"

아나지톤의 솔직한 말에 유건이 그럴 줄 알았다
는 듯 천천히 고개를 끄덕이며 말했다.

"이대로 간다며 채 몇 발자국 내밀기도 전에 전멸
당할 겁니다. 철저히 놀림만 당하다가 무의미하게
죽어나가겠죠. 저라고 뭐 다르진 않겠지만….."

"후후훗, 정확한 판단이에요. 그래서 저는 주어
진 시간 안에 일행들 개개인이 지닌 역량을 최대한
키워보려고 합니다."

그의 확신에 찬 발언에 유건이 그를 유심히 바라
보며 입을 열었다.

"그게 가능합니까?"

유건은 이곳으로 오는 동안 가능하다면 자기 혼
자 더 블랙 그자와 맞서려고 결심했었다.

힘을 본격적으로 개방하고 난 뒤에야 비로소 더
블랙 그 자가 지닌 존재감이 얼마나 압도적인 것인
지를 깨달을 수 있었기 때문이었다.

일행들의 대단하다는 능력조차 그에 비한다면 태
양 앞에 반딧불 정도?

직접 일행들의 능력을 경험하고 난 뒤에는 그 결
심이 더욱 공고해졌다.

그러나 아나지톤은 이를 극복할 수 있는 방법이 있다고 말하고 있었다.

깊은 곳에서 혼돈이 휘몰아치는 유건의 심유한 검은 눈동자가 마치 설명을 요구하기하도 하듯이 아나지톤을 향했다.

"이곳은 세계수를 이용해 만들어낸 일종의 아공간과 같습니다. 저는 물론 편법이긴 하지만, 이를 통해 저쪽 세계의 힘을 이곳으로 끌어들이는데 성공했지요."

그의 설명을 들은 유건이 그제야 아까부터 자신의 신경을 계속 건드렸던 이질적인 기운을 떠올릴 수 있었다.

"역시 느끼셨군요. 지금은 미약하게 느낄 수 있는 정도에 불과하지만, 곧 유입되는 양이 점차 많아지게 될 겁니다. 마치 물에 들어와 있는 것 같은 느낌이 들 정도로요. 이를 통해 일행들의 능력을 반 강제적으로 끌어올리려고 하는 거죠. 때문에 유건, 당신의 도움이 필요합니다."

"정확히 제가 어떤 일을 하면 되는 거죠?"

"별로 어려울 건 없습니다. 매번 겨룰 때 마다 일행들을 죽기 직전까지 몰아붙여주시면 됩니다. 인간이란 늘 한계를 경험하게 되는 순간 크게 성장하게 마련이니까요."

"가능성은?"

"꽤 높다고 보고 있습니다. 이래봬도 무척 오랫동안 준비했던 계획이랍니다."

"마스터의 선견지명에 존경을 표합니다."

유건이 그를 향해 공손히 고개를 숙이며 감사를 표했다.

엄밀히 따지면 아나지톤 그는 이곳 차원에 속한 이도 아니었다. 모른 척 하고 넘어가도 아무런 양심의 가책을 느끼지 않아도 되는 그런 자였다.

그런 그가 수없이 많은 안배를 통해 자신과 자신이 속한 이곳 차원에 속해있는 수많은 인류들을 구하고자 노력하고 있었다.

유건의 진심어린 인사에 아나지톤이 어색하게 웃으며 그의 어깨를 두드렸다.

"그런 인사는 나중에 듣도록 하죠. 그럼 저희도 이만 돌아가 볼까요? 이거 보기보다 유지하는데 힘이 든답니다."

"그러죠."

본체로 되돌아온 유건은 순간 찾아온 어지러움에 가볍게 고개를 내저었다.

그의 눈에 일행들이 축 늘어진 솜처럼 널브러져

제대로 몸을 가누지 못하고 있는 광경이 들어왔다.

설명을 요구하며 아나지톤을 쳐다보자 그가 나직이 웃으며 말했다.

"아마 갑자기 몰려든 피로에 몸이 제대로 반응을 못하나봅니다. 본격적으로 적응할 때까지는 매번 이럴 것 같네요."

"그렇군요."

천천히 고개를 끄덕인 유건이 식은땀을 흘려가며 앓는 소리를 내고 있는 성희에게 다가가 천천히 그녀의 땀을 닦아주었다.

혼돈의 기운의 영향으로 인해 무표정하던 그의 얼굴에 따뜻한 미소가 피어올랐다.

'고생스럽겠지만, 조금만 참고 힘내자. 그리고 꼭 살아남아서 돌아가자.'

유건의 말이 들리기라도 한 것처럼 성희의 얼굴에 그의 것과 닮은 미소가 떠올랐다.

· ⁂ ·

그날 이후부터 미궁 안으로 유입되는 인원들은 점차 많아졌지만 그만큼 죽어나가는 인원들도 많았기에 시간이 지나면서 평균적인 상주 인원의 숫자가 유지되기 시작했다.

하루에도 몇 번씩이나 습격해오는 몬스터 무리들의 공격이 지나고 나면 가장 바빠지는 것이 바로 의무팀이었다.

각기 다른 곳에 속해있던 이들을 아나지톤이 '기적의 의사(Miracle Doctor)'라고 불리며 치료에 관해서만큼은 타의 추종을 불허하는 능력을 발휘하는 강지국의 지휘아래 일사분란하게 움직일 수 있도록 통합시켜놓았다.

덕분에 응급을 요하는 수많은 중상자들이 생명을 잃지 않고 가족들의 품으로 돌아갈 수 있었다.

셀 수 없이 많은 중상자들을 상대하면서 자연스럽게 강지국의 이능도 발전하기 시작했다.

일반적인 상처에 비해서 몬스터에게 당한 상처들은 그 특유의 마력으로 인해 치료가 어려웠기 때문에 그는 자연스럽게 자신의 이능을 발현하여 상처를 치료해야만 했다.

몬스터를 상대하며 능력을 개발하는 보통의 이능력자와 다른 환경에서 그는 자신도 모르는 사이에 능력을 극대화 시켜 나가고 있었던 것이었다.

"휴우~ 오늘도 정신없는 하루였네요."

그의 전담 간호요원으로 배정받은 케이나가 그런

그의 이마에 송골송골 맺힌 땀을 조심스레 닦아주
며 대답했다.

"오늘도 고생 많으셨습니다. 강 선생님."

"선생님은요 무슨… 그냥 편하게 닥터 강이라고
부르세요."

"어머? 제 한국 친구가 선생님이라는 단어가 더
존경심을 담고 있다고 했는데 무슨 말씀이세요. 강
선생님은 충분히 그럴만한 자격이 있으시다고요."

정색을 하고 말하는 그녀의 매서운 눈빛에 찔끔
한 강지국이 어설프게 웃으며 화제를 돌렸다.

"그건 그렇고, 요즘 들어서 중상자들 숫자가 좀
줄어든 것 같지 않나요?"

그의 물음에 케이나가 좌우를 두리번거리더니 손
가락을 입에다 가져다 대고는 조심스럽게 입을 열
었다.

"이건 제 친한 친구한테 들은 얘긴데요…."

그녀의 행동으로 인해 자신도 모르게 귀를 기울
인 그의 귓가에 따뜻한 숨결이 와 닿자, 이내 자신
도 모르게 얼굴이 붉어진 강지국이었다.

그렇다고 갑자기 물러설 수도 없는 노릇 헛기침
을 연발하며 그녀의 말에 귀를 기울였다.

"자꾸 사람들이 죽어나가니까 외부에서도 어느

정도 실력을 갖춘 요원이 아니면 이곳에 들어가지 못하도록 협약 같은 걸 맺었다고 해요."

그녀의 말에 강지국의 고개가 저절로 끄덕여졌다.

"하긴, 몬스터가 때와 장소를 가리지 않고 나타나긴 하니까요."

얼마 전에는 진영의 한가운데에 나타난 지하 동굴에서 수많은 몬스터들이 몰려나와 비전투 요원들의 희생이 엄청나게 불어났던 일도 있었다.

덕분에 자신 곁에도 안전을 위해 파견된 특수 요원들이 따라 다니며 호위를 전담하고 있는 중이었다.

'딱히 보호받고 있다는 느낌은 들지 않지만 후후'

자신의 곁에서 경호를 서는 그가 어설프게 조합된 키메라 요원임을 한눈에 알아본 강지국은 오히려 그가 언제 폭주할지 몰라 신경이 쓰일 지경이었다.

'하급인가?'

전면에서 몬스터의 척살을 담당하고 있는 일급 요원들과 비교해 보면 그 차이가 명확하게 드러날 만큼 어설프게 조합된 키메라 요원이었다.

당대 각성자인 백유건의 세포로 인해 가속도가 붙기 시작한 키메라 프로젝트는 동시 다발적인 발전을 가져오며 수많은 몬스터들과 인간 사이의 성공적인 결합을 만들어낼 수 있었다.

아직 초반이기 때문에 조심스러운 행태를 보이고 있긴 하지만 아마 모르긴 몰라도 본격적으로 나서게 될 날이 그리 멀지 않아 보였다.

자신의 눈앞에서 생긋 웃고 있는 저 여인처럼.

일반 사람들은 잘 몰라도 자신만큼은 그 차이를 명확하게 감지할 수 있었다.

그의 눈에 비친 케이나의 모습도 정상은 아니었다.

이마에 돋아난 자그마한 뿔.

일반인의 눈에는 보이지 않을지 몰라도 자신의 눈을 속일 수는 없었다.

'서큐버스와의 결합을 시도했나보군.'

누가 무슨 의도로 자신의 곁에 붙여놨는지는 모르겠지만, 그녀가 곁에서 숨을 내뱉을 때마다 달콤한 향내를 발하는 무언가가 그의 몸 안으로 밀려들어오는 것을 느낄 수 있었다.

아마 자신이 아닌 일반적인 사내였다면 진즉에 흥분해서 그녀를 덮쳤을 지도 모를 터였다.

'위험하다, 위험해.'

아나지톤이 경고했던 대로 이곳은 복마전이나 다름없었다.

각기 다른 목적을 가진 권력자들과 그들이 속한 기관에서 파견한 이들로 인해 수많은 이해득실이 복잡하게 얽혀있었다.

'힘을 하나로 모아도 모자랄 판국에 이게 뭐하는 짓들인지'

그런 그의 순수함 때문에 아나지톤이 그를 주목한 것이었지만 그로서는 작금의 사태가 무척이나 마음에 들지 않았다.

실질적인 무리의 수장이나 다름없는 아나지톤이 딱히 인구의 유동에 제한을 두지 않다보니 처음에는 눈치를 보며 소극적으로 움직이던 여러 단체들에서 각자 이런 저런 이유를 들어가며 이곳 미궁 안으로 인적, 물적 자원을 던져 넣기 시작했다.

왜 제재를 하지 않느냐는 제임스의 물음에 그저 빙긋 웃기만 하던 아나지톤의 모습을 떠올리던 강지국이 서쪽에서 높이 치솟는 불꽃을 바라보며 급히 걸음을 옮겼다.

"정말, 쉴 새 없이 쳐들어오는구나."

그의 짐작대로 서쪽에 임시로 마련해 놓은 1차 방

어선을 뚫어버린 한 무리의 오크 워리어들이 전투 요원들을 상대로 맹렬하게 날뛰고 있었다.

이곳이 어느 정도 자리를 잡고 난 이후부터는 어지간한 전투요원들 조차 범상치 않은 능력을 자랑하는 경우가 많아서 자신들이 속한 단체를 중심으로 철벽과도 같은 방어선을 유지하고 있었다.

때문에 상대적으로 방어가 취약한 몇몇 구간을 제외하고는 대규모 인명피해가 발행하는 경우는 적었다.

지금 그가 달려가는 곳이 바로 대규모 세력들의 방어선이 교차하는 지점에 속하는 취약한 그 구간이었다.

그런 곳들은 가드 소속 요원들이 돌아가며 순찰을 하고 있긴 했지만 한손으로 열손을 막을 수는 없는 법.

늘 상 비전투 요원들의 인명피해가 잦을 수밖에 없었다.

'자칫하다간 늦겠는 걸?'

사람들의 비명소리가 가까워지자 마음이 조급해진 강지국이 능력을 개방했다.

사람의 신체를 치료하는데 특화된 그의 이능은 인간의 신진대사를 관장하는 오장육부의 구석구석을 그 누구보다 완벽하게 컨트롤 할 수 있는 능력을 그에게 부여했다.

그의 의지에 따라 폐를 통해 유입되는 산소의 양이 배가 되며 혈행의 움직임이 급속도로 빨라졌다.

동공이 이완되며 받아들이는 빛의 양이 많아졌다. 동시에 시야가 확장되고 발에 실리는 힘이 더해졌다.

파앙!

공기를 가르는 맹렬한 소리와 함께 그의 신형이 시야에서 사라졌다.

"앗! 저기! 강 선생님! 같이가요옷!"

자신을 부르는 케이나의 목소리를 뒤로한 채 한참을 달려간 그의 눈에 가드 요원의 목덜미를 향해 손톱을 휘두르려는 웨어울프의 모습이 들어왔다.

"에라 모르겠다. 꺼져라!"

달리던 기세 그대로 녀석을 향해 몸통박치기를 날린 강지국이 등줄기가 짜릿 거릴 만큼 강한 충격에 정신을 차리지 못하고 비틀거렸다.

"엿차! 그러고 있다가 큰일납니다. 지국 선생님."

그런 그를 노리고 달려드는 고블린 한 마리를 그대로 날려 보낸 가드 요원이 이제는 제법 유명인사인 강지국의 어깨를 두드리며 윙크를 날렸다.

"아! 감사합니다. 덕분에 살았네요. 휴우~"

정신이 돌아오자마자 상황을 파악한 그가 도리어 자신을 구해준 요원을 향해 고개를 숙이며 감사를 표했다.

"환자들은 후방으로 이동시켰습니다. 아마도 저쪽으로 가시면 곧 만나실 수 있을 겁니다."

그런 그를 향해 가볍게 손을 내저은 사내가 강지국이 이곳에 온 목적에 맞게 안내를 해주었다.

"그럼, 저는 바빠서 이만."

뭐라 대답할 새도 없이 곧바로 전장을 향해 몸을 날린 요원의 뒷모습을 바라보며 강지국이 조용히 읊조렸다.

"최철준이라…."

· ❖ ·

[이능력개발 프로젝트 (속칭 : 리얼 포스 양성)]

국가 차원에서 행해진 이 프로젝트의 궁극적인 목적은 자연발생적인 이능력자를 인위적으로 만들어내 국가의 국력을 향상시키는 데에 있었다.

물론, 겉으로 드러난 목적은 그런 지극히 국가 지

향적이고 건설적인 취지에 부합되는 것처럼 보였
다.

하지만, 천문학적인 돈이 들어가는 소위 밑 빠진
독에 물 붓기 식의 이 프로젝트를 유지하는데 정부
의 힘만으로는 어려움이 많았다.

10여년이 넘도록 쏟아 부은 예산에 비해 눈에 보
이는 성과가 없다시피 한 이 프로젝트를 사장될 위
기에서 다시 구해낸 것은 기업차원에서 행해지는
적극적인 후원이었다.

말은 조국을 위해서라고 하지만, 그들의 속내는
탐욕으로 번들거리고 있었다.

이능력을 각성하기 위해 필요한 여러 가지 요건
들을 찾아내기 시작한 연구원들은 가드 내에 오랜
세월에 걸쳐 침투시킨 스파이들과 현직 가드 소속
연구원들에게 접근해 애국심에 호소해 알아낸 일급
기밀들을 결합해 비록 완전하진 않지만 가시적인
성과를 만들어내기에 이르렀다.

그 결과 탄생한 것이 프로토 타입 k-1.

비록 이능력의 종류를 마음대로 선택할 수는 없
지만, 일반인에 비한다면 거의 초인에 가까운 양산
형 이능력자들을 비교적 손쉽게 만들어낼 수 있었
다.

물론 단기간에 만들어내는 만큼 그 부작용은 매우 심각했다.

체세포의 이상 증식으로 인한 육체 밸런스의 붕괴.

그 결과 프로토 타입으로 만들어졌던 요원들의 평균 수명은 3년을 넘기지 못했다.

하지만 그 짧은 시간동안 프로토 타입의 요원들이 보여준 놀라운 활약상은 고위급 관계자들의 눈이 번쩍 뜨이게 만들만큼 탁월했다.

각종 단체들로부터 그 출처를 알아내기 힘든 막대한 돈이 유입되기 시작했고 연구는 가일층 속도를 낼 수 있었다.

그 결과, 수명을 3배 이상 늘리면서, 안정성은 10배 이상 늘어난 리얼 포스 k-1이라는 코드명을 가진 특수 부대가 만들어지게 되었다.

다만 그 과정 가운데 몬스터의 사체들을 통해 얻을 수 있는 부산물들 중 극히 소량 발견되는 검은 돌, 속칭 마정석이라는 물질이 중요한 역할을 한다는 것이 한 연구원의 노력을 통해 발견된 이후.

국가에 소속된 대부분의 단체들에게 대대적인 몬스터들의 소탕과 그 부산물을 획득하라는 국가 차원의 대규모 소탕 작전 명령이 실행되기에 이

절음자5

르렀다.

당연히 제일 만만한 군과 경찰이 그 최전선에 서게 되었고, 그 과정 중에 발생한 부상자들은 알게 모르게 리얼 포스 프로젝트의 실험체로 활용되게 되었다.

적당한 치료정도면 일상으로 복귀할 수 있는 경상자들을 제외한 나머지 중상자들, 특히나 사경을 헤매는 이들은 은밀하게 빼돌려져 새롭게 만들어진 최신 약물의 실험체 역할을 했다.

어차피 죽을 확률이 높은 중상자.

부작용으로 인해 사망하면 자연스럽게 국가 유공자로 연금이나 조금 던져주면 될 일이니 그들 입장에서도 이렇게 합법적으로 실험체들을 얻을 수 있는 방법은 무척 달가운 일이었다.

그 과정 중에 과거 유건과 잠시 인연이 닿아 있었던 최철준 형사가 시민을 구하기 위해 몬스터와 대치하다가 중상을 입고 실려 오게 되었다.

실험체 No. 237980호로 명명된 그는 숨이 넘어가기 직전의 심각한 중상을 입은 상태로 실려 왔다.

어차피 죽을 거라 여긴 연구원은 오늘 새벽에 완성된 신약을 그에게 투여했다.

첫 투약자인 만큼 실패할 확률이 매우 높았기에

연구원 조차 그에게 별다른 관심을 두지 않았다.

그러나 그런 연구원의 무관심 속에 방치되어 있던 그는 천문학적인 확률을 뚫고 기사회생하기에 이르렀다.

"헛! 이 수치는?"

당황한 연구원이 믿기 힘든 수치를 나타내 보이는 모니터를 바라보다가 급히 수석 연구원에게 연락을 취했다.

[리얼 포스 사상 수명이 줄어들지 않은 완벽한 첫 각성자 탄생!]

최철준 형사는 단숨에 고위급 인사들의 주목을 받는 중요 인물로 떠오르게 되었다.

더군다나 그가 각성한 이능력은 무려 세 가지.

그를 샘플로 삼고 진행된 연구는 급물살을 타기 시작했다.

수명이 줄어들지 않은 최초의 이능력자.

이 놀라운 결과에 전 세계 모든 정보기관들의 이목이 쏠리기 시작했다.

어떻게 이 소식이 수십 겹의 보안을 뚫고 새어 나갔는지는 알 수 없는 일이었지만, 마도제국으로 거듭난 신대한민국은 전 세계 열강들의 다방면에 걸친 압박을 받게 되었다.

그러나, 전 세계의 유능한 능력자들이 대거 미궁 안으로 파견된 상태였기에 그들로서도 은근한 압박 외에는 구체적으로 정보를 얻어낼 만한 수단이 딱히 없었다. 그저 발만 동동 구르고 있던 상태에서 놀라운 소식이 전해졌다.

차세대 이능력자들의 인위적인 이능각성을 도울 수 있는 신물질의 공유!

신대한민국을 이끌고 있는 정부 수반들이 만장일치로 통과시킨 이 특별법에 의해 최철준 형사의 세포를 통해 배양시킨 각성물질이 전 세계의 가드 지부로 전달되기에 이르렀다.

물론 이 배후에 아나지톤의 적극적인 개입이 있었기에 가능한 일이었다.

연구를 지원하기 위해 쏟아 부어졌던 대부분의 자금은 그가 배후에 자리 잡은 기업체들을 통해 전달된 것이기도 했을 뿐더러 정부의 고위급 인사들 중 상당수가 이미 그의 입김이 닿은 이들로 채워져 있었다.

거기에 더해 아나지톤이 의도한 바는 아니었지만, 과거 유건이 적극적으로 이능력의 각성을 도와

주었던 한동욱이 리얼 포스 프로젝트의 중추적인 역할을 담당하고 있었기 때문이었다.

연구진들은 잘 모르는 일이었지만 최철준 형사가 온전한 각성자로 거듭나게 된 배후에는 한동욱의 개입이 있었다.

유건을 통해 얻게 된 각성에 대한 정보들을 연구해 안전한 각성의 환경을 완벽하게 재구성하게 된 그가 최초의 실험자로 그를 지목한 것이었다.

물론, 거기에는 최철준 형사가 유건과의 인연이 있는 인물임을 여러 가지 정보를 통해 미리 알고 있었기 때문에 가능한 일이었다.

이런 여러 가지 요인들이 복합적으로 작용한 결과.

유건이 한동욱을 통해 명령했던 반쪽짜리 각성자들의 온전한 각성뿐만 아니라 더 나아가 인위적인 각성을 통한 대규모 능력자들의 양산이 가능해지게 되었다.

그렇게 만들어진 능력자들은 자연스럽게 미궁 안으로 투입되게 되었다.

'꼭, 살아 돌아오셔야 합니다 형님.'

가드 유럽 지부를 통해 유럽의 여러 나라들과 연구 교류 협약을 체결한 한동욱이 특별 조항에 기입

되어 있는 협력 체계에 관한 문구들을 읽어 내려가
며 유건을 떠올렸다.

#19. 격돌

NEO MODERN FANTASY STORY

적응자

#19. 격돌

단숨에 쳐들어가 최후의 결전을 할 것 같이 느껴지던 미궁에서의 전투도 어느덧 반년이라는 시간이 흘렀다.

지난 시간동안 본격적으로 투입되기 시작한 새로운 이능력자들은 이곳에서 몬스터들과의 수많은 격전을 통해 자각한 새로운 능력들을 점검할 수 있었고 그 과정 중에 특별히 두각을 나타내는 인물들은 아나지톤의 명에 따라 유건과의 훈련에 새로 합류하게 되었다.

처음 유건과 함께 아나지톤이 인위적으로 만들어낸 공간에서 전투를 벌이던 일행들은 말도 안 되는 그의 엄청난 능력에 경악하면서도 한편으로는 자신도 모르는 사이에 그 힘에 점차 적응을 해나가기 시작했다.

거의 10만에 가까운 인원들이 운집한 미궁내의 요새.

엄청난 물적, 인적 자원들의 투입으로 인해 이제는 어지간한 몬스터들의 공격은 가뿐하게 막아낼 지경에 이르렀다.

아나지톤이 오랜 시간에 걸쳐 차근차근 진행했던 전략이 슬슬 탄력을 받기 시작한 것이다.

전 지구상에 존재하는 모든 전력의 상향평준화.

미궁이라는 특수한 조건. 거기다가 확률적으로는 매우 희박하긴 하지만 인위적인 이능력자 양성의 성공.

게다가 눈앞에 다가온 더 블랙과의 결전.

전 세계에 드넓게 펼쳐져 있던 몬스터들은 더 이상의 추가 유입이 없어진 만큼 점차 그 숫자가 줄어들어가고 있었고 전 세계는 유례없는 연합과 일치를 이루어 가고 있는 중이었다.

그 중심에 아나지톤과 그가 가장 신뢰하는 검. 유건이 있었다.

"후우~"

눈을 감고 들끓어 올랐던 혼돈의 기운을 점차 갈무리하는 유건을 향해 아나지톤이 다가왔다.

"이제는 제 능력으로도 더 이상 유건을 억제하지 못하겠네요."

조금 전 전투과정 중에 그가 만들어낸 공간이 붕괴할 뻔 했던 순간을 떠올린 아나지톤이 매우 만족스럽다는 듯이 웃으며 말했다.

"아, 그건 죄송합니다. 갑작스럽게 폭주하는 경우가 종종 있어서."

오늘 유건이 상대했던 이능력자들의 숫자는 정확히 천하고도 사십칠 명.

이제는 능력의 수발이 매우 원활해진 유건은 혼돈의 기운을 매우 탄력적으로 운용할 수 있게 되었다.

주변을 둘러본 아나지톤이 제대로 몸을 가누지 못한 채 드러누워 신음하고 있는 이들의 모습에 가볍게 고개를 저었다.

"아무래도 양산된 이능력자들이라서 그런지 한계를 극복하는 일이 무척 오래 걸리는군요."

"쉽게 얻은 건 쉽게 잃어버리게 되는 법 아니겠습니까?"

현재 최전선에 나가 태초의 마녀 릴리스가 만들

어낸 제대로 된 군세들을 상대로 그 영역을 조금씩 넓혀가고 있는 일행들을 떠올린 유건이 무표정한 얼굴로 그들을 돌아보았다.

자신도 그들과 함께 싸우고 싶었다. 그러나 자신이 전선에 나서는 순간 적들의 수장들도 움직이게 될 확률이 높았다.

그렇기에 참아야 했다. 적어도 아나지톤이 수없이 말했던 것처럼 인류 전체의 전력이 상승해서 자신의 부재 시에도 적들을 능히 감당할 수 있을 만큼 강해지기 까지는.

그래서 자의반 타의반으로 유건은 이곳에서 새롭게 보충되는 이능력자들 중, 탁월한 능력을 자랑하는 이들을 선별해서 새롭게 교육시키는 역할을 맡았다.

현실로 복귀한 유건은 저 멀리서 생생하게 느껴지는 더 블랙 그자의 힘과 자신의 힘을 가늠하며 천천히 고개를 내저었다.

'아직 모자라. 더 큰 힘이 필요해, 더 큰 힘이….'

유건은 갑자기 찾아온 갈증에 목울대를 움직이며 침을 삼켰다.

물이 아닌 힘에 대한 갈망이 그의 온 몸을 휘감았다.

"큽!"

순간 치밀어 오른 혼돈의 힘으로 인해 유건의 눈이 붉게 충혈 됐다.

이렇듯 조그마한 틈만 있으면 하루에도 수십 번씩 그의 뇌리를 장악하기 위해 혼돈의 힘이 튀어나왔다.

"후아~ 쓰읍. 후우~"

차근차근, 그렇게 조심스럽게 한발자국씩 내디뎌야 했다.

급하게 서둘렀다간 오히려 자멸할 공산이 높았다.

더 블랙 그자는 이런 모든 것을 미연에 알고 있었기에 일부러 자신의 기운을 드러내 유건을 도발하고 있었다.

오직 유건만이 감지할 수 있을 정도로 흐릿한 그의 자취를 느끼며 유건이 이를 악다물었다.

"이 정도로 무너질 순 없지."

유희라고 했다. 단순한 즐거움을 위해 그는 자신이 성장하는 것을 일부러 부추기며 즐기고 있었다.

마치 케익의 가장 맛있는 부분을 일부러 남겨두고 다른 부분부터 천천히 먹어치우는 아이처럼, 그는 그렇게 자신을 기다리고 있었다.

아나지톤의 말처럼 그의 존재를 인간적인 범주에 두고 생각해서는 절대 그를 넘어설 수 없었다.

그를 이기려면 자신도 인간의 한계를, 그 종의 한계를 아득히 넘어서야만 했다.

그 끝이 보이지 않던 길이 최근 들어서 희미하게나마 윤곽이 보이기 시작했다.

잡힐 듯 말 듯 신기루처럼 사라져버리는 그 단초를 얻기 위해 유건은 이능력자들을 훈련시키는 시간 외의 하루의 대부분을 명상을 하며 지냈다.

눈을 감고 깊은 날숨을 내뱉는 그의 주변을 그의 의지 하에 온전하게 복속된 혼돈의 기운들이 넘실거리며 둘러쌌다.

마치 주인을 지키는 수호자처럼 외부의 작은 자극에도 격렬하게 반응하는 그것은 어지간한 힘으로도 뚫어낼 수 없는 철벽 그 자체였다.

일전에 제임스가 장난처럼 날려 보낸 화염구를 게걸스럽게 먹어치우고 그를 향해 달려들던 때를 떠올린 아나지톤이 가볍게 웃으며 조용히 밖으로 나섰다.

'어서, 성장하십시오. 이제 시간이 별로 남지 않았습니다. 유건.'

밖으로 나선 아나지톤이 속으로 조용히 유건을

응원했다.

시간이 별로 남지 않았다.

최후의 결전을 위해 자신이 할 수 있는 모든 수단과 방법을 동원해 이곳 차원의 인간들을 도왔다.

블랙 드래곤의 수장인 마룡 바하무트가 허락한 경계를 아슬아슬하게 넘나들며 인간들의 전체적인 힘을 끌어올리는데 전력을 다했다.

그 가운데 유건은 단연 뛰어난 활약을 해주고 있었다.

백차승 박사의 안배를 통해 탄생한 그는 태생적으로 지금까지 이 땅에 나타났다 사라져갔던 모든 인류들과 차원을 달리하는 존재였다.

자신조차 그 편린을 엿보는데 그쳤던 존재의 근원에 맞닿았던 백차승 박사는 그 엄청난 능력을 모두 쏟아 부어 유건의 몸 안에 태초에 존재하던 가장 폭력적인 힘인 혼돈을 봉인했다.

중간계의 마물인 몬스터의 피를 통해 서서히 풀리기 시작한 봉인은 이제 비로소 온전히 개방되기에 이르렀다.

자신조차 그 끝을 알 수 없는 유건의 능력은 이제 자신을 뛰어넘어 저 위대한 중간계의 조율자가 서 있는 반열에 오르려 하고 있었다.

'어쩌면….'

불가능하게 여겨졌던 일을 이곳의 인간들이 해낼
수 있을지도 모른다는 희망이 그의 마음속에서 슬
며시 피어올랐다.

. ▼ .

미궁 안에 자리한 심처.

미궁 전체를 에워쌀 만큼 강대한 마력을 자랑하
는 태초의 마녀 릴리스조차 압도적인 위압감에 감
히 고개를 들 생각조차 하지 못하게 만드는 사내가
다리를 모로 꼰 채 그녀를 지그시 내려다보고 있었
다.

"크흡!"

결국 점차 무거워지는 압력을 견디지 못한 그녀
의 입에서 신음소리가 흘러나왔다.

"그래서, 직접 나서서 저들을 치고 싶다?"

굳게 닫혀 있던 사내의 입이 열리자 그녀를 짓누
르던 압력이 거짓말처럼 사라졌다.

고개를 든 그녀가 조심스럽게 입을 열었다. 그런
그녀의 턱에 매달려 있던 땀방울이 바닥으로 떨어
져 내렸다.

적
응
자5

"더 이상 저들이 오만방자하게 세력을 넓히는 모습을 보고 있을 수만은 없었기에…."

그 깊이를 알 수 없는 검은 눈동자를 마주한 그녀가 본능적으로 몸을 떨어댔다.

마치 엿봐서는 안 되는 심연을 들여다본 것 같은 서늘함이 그녀의 등줄기를 타고 흘렀다.

"흐음, 뭐 별 상관없으려나?"

가만히 고개를 주억거리던 사내의 입에서 심드렁한 목소리가 흘러나왔다.

변수는 언제나 의외의 결과를 도출해내는 법.

그러나 그것 또한 색다른 재미를 안겨다 줄 수 있다는 걸 잘 알고 있는 그의 입가에 작게 미소가 걸렸다.

"마음대로 해보도록. 단, 녀석의 개입은 불허한다."

그의 말에 화색이 돌던 릴리스의 얼굴이 순간 차갑게 굳었다.

'역시, 알고 있었어.'

그녀는 기사들의 왕이라 불리는 오르도가 자신이 주인으로 섬기는 이의 또 다른 수족이라는 사실을 모르고 있었다.

오르도가 일부러 밝히지도 않았을 뿐더러, 그녀

가 느낀 그자의 힘은 결코 자신의 아래가 아니었기 때문이었다.

게다가 그는 자신과 달리 빛의 성향을 지닌 자. 성스러운 기사들의 왕. 오랜 옛날부터 성왕(聖王)이라 불리던 이였다.

오랜 세월을 살아오는 동안 우연히 몇 번 조우한 것에 불과한 만남이었지만, 그녀는 결코 그와 대적하지 않았다.

서로가 싸우게 된다면 반드시 둘 중 하나는 소멸하게 될 거라는 것을 본능적으로 깨달았기 때문이었다.

그의 말투에 서린 그에 대한 생각의 편린이 그녀의 뇌리를 강타했다.

'그 자를 녀석이라고 불렀어.'

그녀의 명석한 두뇌가 원활하게 돌아갔다.

결국 그 드높던 자존감으로 오랜 세월 자신의 존재를 갈고 닦던 그자조차 주인의 앞에 무릎을 꿇었다는 사실을 깨달은 그녀의 몸이 가늘게 떨렸다.

어느 날 신기루처럼 등장해 자신의 모든 것을 단숨에 제압한 그의 발 앞에 이 세계에 남아있는 유일한 초월자인 그녀와 대적할만한 유일한 자, 기사왕 오르도. 이 두 절대자가 무릎을 꿇었다는 사실은 사실상 이곳 세계의 완전한 복속을 의미했다.

그날 자신과 오르도를 제외한 모든 초월자들이 사라졌다.

마치 원래부터 존재하지 않았던 것처럼 순식간에 자취를 감춘 그들은 오랜 세월이 지나는 동안 어느 누구도 되돌아오지 않았다.

그리고 홀연히 나타나 자신을 복속시킨 사내의 등장.

어느 날 자연스럽게 접하게 된 존재의 근원을 통해 그녀는 이곳 말고도 무수히 많은 다른 세상이 존재한다는 것을 깨달았다.

그리고 그 수많은 초월자들이 자취를 감춘 것이 아니라 다른 세계로 떠났다는 것을 인지했다.

한날한시에 사라진 것처럼 느껴졌지만, 그건 그녀의 착각일 뿐이었다.

그리고 자신 앞에 있는 저자도 다른 세계에서 건너온 초월자라는 사실 또한 자연스럽게 인지했다.

지금은 그에게 복종하고 있긴 했지만, 그녀는 언젠가는 그를 넘어서리라는 의지를 불태우고 있었다.

존재의 근원을 엿보며 그녀는 그 가능성을 발견했다.

그리고 이는 그자, 오르도 또한 마찬가지였다.

고개를 숙인 그녀의 입가에 비릿한 조소가 서렸다.

이처럼 각기 다른 생각을 지닌 초월자들이 서로 다른 의지를 지닌 채 본격적으로 움직이기 시작했다.

그 시작은 태초의 마녀 릴리스였다.

．　▲　．

"위이이잉~!"

거대한 요새로 탈바꿈한 미궁 내에 자리한 세계 연합체의 진지 전체에 경고음이 울려 퍼지기 시작했다.

그간 단 한 번도 울리지 않았던 일급 비상사태를 알리는 소리였다.

"무슨 일이죠?"

그간 이곳에서의 탁월한 활약을 인정받아 외곽 경비를 담당하는 총책임자로 발탁된 철준의 물음에 몬스터의 동태를 살피는 경계초소의 요원이 새까맣게 뒤덮인 레이더 화면을 바라보며 황급히 대답했다.

"모, 몬스터들이 몰려오고 있습니다."

"그거야 늘 있었던 일 아니었습니까?"

"그, 그것이….."

당황한 듯 말을 잇지 못하는 그를 바라보며 고개를 갸웃거리는 철준의 귓가로 반가운 음성이 들려왔다.

"지금까지와는 다른 정예들이 쳐들어오나보군요."

"아! 유건씨!"

유건의 등장에 철준의 입가에 환한 미소가 서렸다.

그것도 잠시, 자신의 본분을 자각한 철준이 미소를 지운 채 그에게 물었다.

"정예라고요?"

"저 레이다 화면에 등장한 몬스터 개체 하나 하나가 지금까지와는 전혀 다른 힘을 지니고 있습니다. 곧 대규모 지원 병력이 도착할 겁니다. 수습 요원들을 뒤로 물려주세요."

"아, 그, 그렇습니까? 알겠습니다."

유건의 말에 사태의 심각성을 깨달은 철준이 비상시 가동 가능한 마법진을 통해 전체 외곽 경비를 담당하고 있는 수습 요원들에게 긴급 메시지를 전달했다.

각자의 뇌리로 직접 전달되는 긴급 후퇴 명령에 각성한지 얼마 되지 않아 수습딱지를 떼지 못한 요원들이 다급히 요새 안으로 퇴각하기 시작했다.

마지막으로 몸을 돌리던 수습 요원 하나가 등 뒤에서 느껴지는 거대한 압력에 자신도 모르게 고개를 돌렸다.

"저, 저게 뭐야!"

어마어마한 숫자의 몬스터들이 몰려오고 있었는데 그들의 몸에서 검은 기운이 줄기줄기 피어올라 마치 검은 커튼이 드리운 것 같은 착각이 들 정도였다.

그 놀라운 광경에 자신도 모르게 다리에 힘이 풀려 바닥에 그대로 주저앉고 말았다.

"어?"

그런 그를 부축하는 손길에 그의 입에서 멍한 소리가 흘러나왔다.

막대한 마력을 마주한 그의 몸이 거부 반응을 일으켰기 때문에 다리에 제대로 힘을 줄 수가 없었다.

"괜찮습니까?"

"네? 아, 네."

자신을 부축한 이의 손을 타고 따스한 기운이 몸 내부로 흘러들어왔다.

그제야 정신을 차린 수습 요원이 자신을 부축한 이가 누구인지를 알아 볼 수 있었다.

최전선에 나가있는 특급 요원들을 대신해 이곳의 새로운 강자들로 급부상한 일급 요원을 상징하는 마크가 그의 가슴에 새겨져 있었다.

일급 요원이라 함은 적어도 두 개 이상의 이능을 각성해 이를 완숙하게 다룰 줄 아는 이들을 가리키는 말이었다.

수많은 이들이 자리한 이곳에서도 고작 천여 명밖에 되지 않는 그들의 등장에 수습요원의 눈이 휘둥그레졌다.

"어서 돌아가세요. 뒤는 저희들이 맡겠습니다."

"네, 가, 감사합니다. 그럼 저는 이만."

천천히 닫히기 시작한 요새의 게이트를 향해 달리는 그의 눈가에 기이한 열망이 서렸다.

'나도 꼭, 저 자리에 서야지!'

자연스럽게 도열한 천여 명의 일급 요원들의 뒷모습이 그렇게 든든하게 느껴질 수가 없었다.

아나지톤이 그런 그들을 높이 하늘높이 솟아 있는 지휘탑에서 내려다보며 물었다.

"잘 막아낼 수 있을까요?"

그의 물음에 유건이 답했다.

"그러기 위한 훈련이었으니까요. 그 정도도 못한 다면 스스로에게 부끄러워해야 할 겁니다."

유건의 음성에 짙게 배어있는 것은 그들에 대한, 아니 지난 혹독한 훈련에 대한 신뢰였다.

유건의 대답이 만족스러웠는지 가볍게 웃은 아나지톤이 지척에 다다른 몬스터들을 바라보며 말했다.

"왔군요."

. ▼ .

"모두, 능력을 최대한으로 개방한다!"

일급 요원들 중 비교할 수 없을 만큼 탁월한 능력을 자랑해 자연스럽게 지휘관의 자리에 선출된 밀리언의 외침에 천여 명에 해당하는 일급 요원들이 한꺼번에 지닌바 힘을 온전히 개방했다.

그 힘이 얼마나 강력했는지 검게 너울거리며 다가오던 몬스터들의 기세가 한풀 꺾여 나가는 모습이 확연하게 눈에 들어왔다.

"전투 개시!"

밀리언의 외침이 끝나기 무섭게 원거리 능력자들의 공격이 달려드는 몬스터의 선두에 작렬했다.

무서운 기세로 달려들던 몬스터들의 선두가 얼어

절음자5

붙고 불타오르며 순식간에 무너져 내렸다.

평범한 인간의 군세였다면 기세가 한풀 꺾여들었을 텐데 몬스터들은 애초에 동료개념이 없었기에 쓰러진 선두군단을 짓밟아가며 더욱 흉포한 기세로 달려들었다.

"쿠오오오오!"

검게 번들거리는 근육질 몸체를 자랑하는 미노타우르스 하나가 선두에 날아든 수많은 공격들을 터프하게 받아내더니 콧김을 한번 내지르고 가장 앞서 치고 나왔다.

"저건 내 차지!"

장난기가 물씬 풍기는 앳된 음성과 함께 아직은 소년티가 채 가시지 않은 요원 하나가 녀석을 향해 튀어나갔다.

"야! 강찬!"

누군가의 다급한 목소리를 멀리한 채 미노타우르스의 지척에 도착한 강찬이라 불린 소년이 강하게 진각을 밟으며 주먹을 내질렀다.

"푸훗!"

마치 비웃기라도 하듯이 강하게 콧김을 내뿜은 미노타우르스가 강철보다도 더 탄탄한 복근을 과시하며 그의 공격을 받아냈다.

퍼어어엉!

거대한 굉음과 함께 천여 명에 달하는 요원들의
눈앞에 믿기 힘든 광경이 펼쳐졌다.

수많은 원거리 공격들을 받아내고도 멀쩡했던 미
노타우르스가 달려들던 속도보다 배는 더 빠르게
후방으로 날아갔다.

"저 요원은?"

밀리언의 물음에 그의 곁에 서있던 요원이 빠르
게 대답했다.

"강찬이라고 육체 강화 능력자입니다."

"그래요? 흐음, 단순 육체 강화 능력자 치고
는…."

"특이하게도 육체 강화만 세 번 중첩해서 각성했
습니다."

"호오~"

"그래서 보통의 육체 강화 능력자들과는 그 궤를
달리하는 강함을 보여주는 요원입니다."

"저런 능력자를 왜 제가 모르고 있었죠?"

"저, 그게 저 요원은 지난주에 배정 받은 신입입
니다."

"그렇군요. 나쁘지 않아요. 저렇게 전방에서 적
들의 시선을 끌어주는 요원 하나쯤 있어도, 흐음,

그래요 나쁘지 않아요."

고개를 주억거리며 혼잣말을 하던 밀리언이 전체 요원들에게 명령을 하달했다.

"근접 전투 요원들은 선두로! 그 뒤에서 보조계열 능력자들이 따라붙는다! 기본은 삼인 일조! 그리고 원거리 능력자들은 선두와 일정 거리를 유지한 채 유동적으로 움직인다! 실시!"

별로 크지 않은 목소리 임에도 그의 명령이 모든 요원들의 귓가에 생생하게 전해졌다.

그의 눈앞에 미노타우르스를 날려버린 것으로도 모자라서 선두에서 진격해오는 몬스터들을 상대로 화려한 개인기를 선보이고 있는 강찬의 모습이 보였다.

"당신은 특별히 제가 지원하도록 하죠. 갑시다!"

"넵!"

그의 보좌관으로서 항상 옆을 지키는 요원 둘이 그를 따라 앞으로 몸을 날렸다.

전체를 지휘하는 지휘관으로서 밀리언이 선택된 주요 원인 중에 하나는 그가 각성한 능력들 중 하나인 다차원 지각 능력 때문이었다.

그는 이 드넓은 전장을 마치 하늘에서 내려다보는 것처럼 인식할 수 있었다.

그래서 적재적소에 걸맞게 유동적으로 전장을 조율할 수 있는 탁월한 능력을 지니고 있었다.

엄청나게 몰려드는 몬스터 대군을 앞에 두고서도 전혀 위축되지 않은 채 쉬지 않고 팔다리를 놀리며 몬스터들을 날려 보내고 있던 강찬은 갑자기 자신의 몸을 에워싼 흰빛에 의아한 눈빛을 띄며 뒤를 돌아보았다.

갑자기 몸이 한결 가벼워지고 시야가 배는 더 넓어졌기 때문이었다.

"저희가 보조 할 테니 더 마음 놓고 날뛰어보도록 해요. 강찬 요원."

"아! 대, 대장님?"

그제야 자신의 곁으로 다가와 환하게 웃고 있는 인물이 지휘관인 밀리언임을 알아본 강찬의 두 볼이 붉게 물들었다.

"뭐하세요? 뒤를 조심해야죠."

가볍게 손을 털어 날듯이 달려들던 고블린 한 마리를 멀리 날려 보낸 밀리언이 강찬의 어깨를 가볍게 다독이며 말했다.

얼빠진 표정을 짓고 있던 그가 이내 입을 굳게 다물고는 폭풍과 같은 기세를 풍겨냈다.

"호오~"

절음
자5

그런 그의 기세에 나직이 감탄사를 토해낸 밀리
언이 흥미로운 눈빛으로 그를 쳐다보았다.

"다 죽었으!"

강하게 땅을 구른 강찬이 마치 쏘아진 대포알처
럼 몬스터 군단을 향해 몸을 날렸다.

"역시 젊은 피가 좋긴 좋네요."

어깨를 으쓱거리며 그의 뒤를 따라 몸을 날리는
밀리언의 양 옆으로 두 요원이 마치 그림자처럼 따
라붙었다.

천여 명에 달하는 일급 요원들이 삼인 일조를 이
루며 마치 살아있는 하나의 유기체처럼 조직적으로
움직이는 모습은 장관이었다.

이를 위에서 지켜보고 있던 유건의 입가에 만족
스러운 미소가 서려있었다.

그렇게 일급요원들이 유건과의 훈련을 통해 다져
진 조직력으로 밀려드는 몬스터 군단을 효율적으로
막아내고 있을 무렵 전방에 나가 모종의 작전을 수
행하고 있던 철환과 하루나, 그리고 제임스가 동시
에 무언가 잘못됐다는 사실을 깨달았다.

세 개의 조로 나뉘어서 태초의 마녀 릴리스가 거
하는 본궁의 내부를 탐색하던 그들은 바로 어제까
지만 해도 수없이 느껴지던 적들의 기척이 마치 하

늘로 솟아난 것처럼 사라져 버렸다는 것을 느낀 것
이었다.

– 이게 대체 무슨 일일까요?

귓속에 깊숙이 꽂혀있는 통신기를 통해 전해진
하루나의 물음에 세계수의 가지와 잎을 통해 아나
지톤이 만들어낸 통신수단을 통해 본진과 연락을
주고받은 철환이 마음에 들지 않는 다는 듯 인상을
구기며 입을 열었다.

– 본진이 위험하다. 곧바로 퇴각하자.
– 본진? 그게 무슨 소리야?

제임스의 목소리가 들려오자 철환이 최대한 간결
하게 대답했다.

– 릴리스 그녀가 본격적으로 움직였다. 지금 이
곳은 빈집이나 다름없어.

철환의 설명에 무전기 너머에서 작게 투덜거리는
제임스의 목소리가 들려왔다.

- 그럼 최대한 빠르게 후퇴하도록 하죠. 본진에서 뵙겠습니다. 모두 몸조심 하세요.

- 그래, 다들 거기서 보자고.

- 쳇, 그동안 쥐새끼처럼 숨어서 행동한 게 다 헛수고였군.

여전히 낮게 투덜거리는 제임스의 목소리에 하루나가 무전을 끄며 참았던 웃음을 터트렸다.

가장 위험한 곳을 자원해서 찾아 들어간 그의 모습과 대비되는 모습에 절로 웃음이 터져 나온 것이었다.

"왜 웃어요, 언니?"

"아니야, 그냥 좀 재미있는 게 떠올라서, 그건 그렇고 어서 돌아가야 되겠다."

"네? 돌아가요?"

성희가 가뜩이나 큰 눈을 치켜뜨며 물어왔다. 그도 그럴 것이 이곳까지 소리 없이 들키지 않고 스며드느라 들인 노력이 만만치 않았기 때문이었다.

"아무래도 적들이 선수를 친 모양이야. 본진이 위험하다네. 물론 유건이 있으니 정말 위험한건 우리가 아닌 적들이겠지만, 아무튼 그렇게 됐네."

"후후후, 이 소식을 들은 제임스 오빠가 엄청 투덜거리겠는데요?"

"가뜩이나 재미없는 베네피쿠스랑 같이 가게 됐다고 싫어했었는데, 더했으면 더했지 덜하진 않을걸?"

"쿠쿠쿡, 그래요. 어서 돌아가요."

한결 밝은 얼굴로 말하는 그녀의 얼굴을 빤히 쳐다보는 하루나의 시선을 느낀 성희가 당황하며 물었다.

"왜, 왜요? 제 얼굴에 뭐라도 묻었어요?"

"아니, 님을 만나러 간다는 소식에 들뜬 사랑스러운 소녀의 모습을 본 것 같아서…."

"에엑~ 그, 그런 거 아니거든요!"

"흐응~ 아니면 말고."

"이익, 진짜 아니라고요 언니~!"

"어라? 아니면 말지, 왜 이렇게 흥분하고 그런데?"

"아, 아니 그게 아니라… 히잉~ 언니 미워!"

장난기가 가득 묻어나는 하루나의 얼굴을 본 성희가 그녀의 장난이라는 것을 알아채고는 울상을 지었다.

"내 님은 어디에 있나, 서울에 있나? 대전에 있나? 아! 미궁에 있지이~"

"언니~잇!"

유행가의 가사를 바꿔 부르며 흥얼거리는 하루나

의 노랫소리에 뒤따르는 성희의 얼굴이 잘 익은 홍
시처럼 터질 듯이 붉어졌다.

본궁 안이 텅텅 비었다는 사실을 알게 된 이후부
터는 굳이 기척을 감춰가며 이동할 필요가 없었기
에 걸음을 옮기는 하루나와 성희의 모습에는 거칠
것이 없었다.

물론 그녀들의 뒤에서 말없이 걸음을 옮기는 장
루이도 조금은 편안한 얼굴이 되어있었다.

그런 그의 얼굴이 순간 굳어졌다.

투확!

강하게 땅을 구르며 전면으로 몸을 날린 장 루이
가 곧바로 하루나와 성희의 전면을 막아섰다.

"응?"

"왜?"

놀란 두 사람의 의문 가득한 물음대신 전면을 노
려보는 장 루이의 얼굴을 타고 굵은 땀방울이 흘러
내렸다.

그의 곤두선 기세를 느끼고 뭔가 있음을 직감한
하루나가 성희를 뒤로 돌리며 주변을 살피기 시작
했다.

그제야 그녀의 기감에 무언가 설명하기 힘든 위
화감이 잔뜩 느껴졌다.

"배리어!"

그동안 수많은 전투를 통해 단련된 성희가 그 즉시 세 사람을 감싸는 보호막을 쳤다.

유건의 그 무지막지한 공격조차 막아내는 절대의 방어막이었다.

그제야 조금 안심한 하루나가 오감을 전부 확장해 전후좌우 사방을 샅샅이 훑어나가기 시작했다.

"저기!"

그녀의 외침과 동시에 장 루이의 거대한 몸이 대포알처럼 튕겨져 나갔다.

퍼어엉!

엄청난 굉음이 울려 퍼지며 달려들던 장 루이의 거체가 거짓말처럼 중간에 멈춰 섰다.

"이런이런, 아는 얼굴이 보이기에 너무 반가운 나머지 실수를 했군요."

장 루이의 전면에 환한 빛 무리가 모여드는가 싶더니 이내 남자다운 턱선을 자랑하는 사내의 모습이 드러났다.

"너는!"

"이렇게 멀쩡하게 살아있는 모습을 보니 내 수하의 기척이 사라진 이유를 알겠군 그래. 설마 했건만…."

말을 하던 오르도의 얼굴에 잠깐이긴 했지만 씁쓸함이 스쳐지나갔다.

그래도 나름 오랜 세월을 함께 해왔던 녀석들이었는데, 그날이 마지막 이었다 생각하니 새삼 입맛이 쓰게 느껴졌다.

팽팽하게 힘을 겨루고 있던 두 사람의 균형이 단숨에 무너졌다.

슬쩍 힘을 빼 힘의 균형을 무너뜨린 오르도의 오른팔이 장 루이의 복부를 올려쳤기 때문이었다.

터엉!

마치 강철판을 두드린 것 같은 굉음이 울려 퍼졌다.

뒤로 한참을 물러선 장 루이가 송충이같이 굵은 눈썹을 꿈틀거렸다.

모든 물리적 데미지에 면역을 가진 그의 강대한 육체를 뚫고 은은한 충격이 내부로 전해졌기 때문이었다.

반면 내뻗었던 주먹을 매만지며 작게 인상을 쓰고 있던 오르도가 나직이 투덜거렸다.

"몸이 지나치게 단단한 거 아닌가? 죽일 기세로 주먹을 날렸는데, 그렇게 멀쩡하게 서있으면 내가 너무 겸연쩍잖아. 쳇."

먼저 공격을 해놓고 투덜거리는 오르도를 향해 성희가 날선 목소리로 말했다.

"그럼 대놓고 죽어줬어야 된다는 거예요 뭐예요! 별꼴이야 진짜!"

소리를 지르고 나서도 분이 가라앉지 않는지 씩씩대고 있는 그녀의 평소와 다른 모습에 뭐라고 한마디 해주려고 입을 열었던 하루나가 입만 벙긋 벙긋 거리며 놀란 눈으로 그녀를 돌아보았다.

"왜, 왜요? 언니."

"아니, 잘했다고. 그쵸? 루이 씨?"

"으음."

자신을 위하는 성희의 마음씀씀이에 조금은 감동한 장 루이가 멋쩍은 얼굴로 대답했다.

"이런, 갑자기 내가 천하에 몹쓸 악당이 된 것 같잖아? 이봐! 말은 바로 해야지, 먼저 공격을 한건 그쪽이었다고."

억울하다는 얼굴로 소리치는 오르도를 싹 무시한 채 하루나와 정신 감응을 이룬 세 사람은 각자 싸움에 맞는 역할을 나누었다.

장 루이를 통해 알게 된 적의 전력은 유건과 맞먹거나 혹은 그 이상.

조금은 가벼워 보이는 겉모습에 속았다가는 순식

간에 전멸할 수도 있다는 것이 하루나의 판단이었
다.

"그럼 가죠!"

단숨에 전면을 향해 튕겨져 나가는 장 루이의 거
체를 바라보던 오르도가 나직이 투덜거리며 아무것
도 없는 허공에서 그의 애검을 소환해냈다.

그런 그의 귓가에 성희의 목소리가 들려왔다.

"중첩 배리어!"

그녀의 외침과 동시에 환한 빛 무리가 장 루이를
감쌌다.

쩌엉!

"응?"

자신이 휘두른 검이 장 루이의 몸에 닿기도 전에
보이지 않는 무언가에 가로막혀 튕겨져 나왔다.

"쉴드?"

검을 통해 전해지는 반발력은 마치 과거 마법사들
과 겨룰 때 경험했던 방어 마법의 그것과 비슷했다.

'아니, 좀 더 강한가?'

일반적인 쉴드 마법이었다면 그의 검에 단숨에
깨져 나갔을 터였다. 그는 고개를 가볍게 내저으며
조금 전 자신에게 소리쳤던 앳돼 보이는 소녀의 모
습을 살펴보았다.

'흐음, 특이한 능력을 가졌군.'

주군의 허락 없이 몰래 나섰다가 징계의 의미로 근신을 명받은 그였기에 무료한 가운데 가벼운 마음으로 침입자들을 상대하기 위해 나섰건만 의외로 강력한 능력을 보유하고 있었다.

'이런, 설마 또 혼나는 건 아니겠지?'

끝이 보이지 않을 만큼 강대한 마력을 지닌 주군의 모습을 떠올린 오르도가 어색하게 웃으며 고개를 내저었다.

'기사왕이자 성왕으로 불리던 내가 주인 눈치나 보는 개새끼처럼 머리를 굴리고 있다니, 거참….'

씁쓸한 미소를 머금은 채 자신을 향해 성난 곰처럼 달려드는 장 루이를 쳐다본 오르도가 강하게 검을 내질렀다.

그의 애매한(?) 울분이 가득 담긴 강격에 달려들던 장 루이가 본능적으로 멈칫거렸다.

종이 한 장 차이로 비껴낸 상대의 검에 중첩되어 걸려 있던 배리어들 중 하나가 그대로 깨져나갔다.

"윽!"

배리어가 깨져나가며 발생한 반발력으로 인해 인상을 찌푸린 성희가 놀란 눈으로 검을 휘두르며 장 루이를 몰아붙이고 있는 사내를 쳐다보았다.

그 엄청나게 변해버린 유건조차 본격적으로 힘을 집중시키고 나서야 비로소 부술 수 있었던 자신의 보호막이었다.

저 검에 실린 힘이 얼마나 거대한지는 모르겠지만 적어도 자신의 보호막을 일격에 부수어버릴 정도로 강하다는 것은 잘 알 수 있었다.

일견 가벼워 보이는 모습에 적을 경시했던 자신의 생각이 얼마나 경솔했었는지를 깨달은 성희가 입을 굳게 다물었다.

사실 그녀의 보호막을 비교적 쉽게 베어낸 오르도의 일격은 그의 검이 지닌 특별함 덕분이었다.

요정의 호수를 관장하는 요정들의 여왕이 수천 년에 걸쳐 빚어낸 차원의 정수가 바로 그가 들고 있는 검의 정체였다.

자신들을 도와 요정계를 쳐들어온 마물들을 물리쳐준 오르도에게 감사의 의미로 건네진 것이 바로 그가 들고 있는 검이었다.

그녀가 생각하는 것처럼 그녀의 이능을 통해 만들어낸 배리어는 쉽게 깨져나가는 성질의 것이 아니었다.

혼돈의 기운을 자각한 유건조차 일점 집중의 묘리를 살리지 않고서는 쉽사리 뚫어낼 수 없을 만큼 강력한 방어력을 자랑하는 것이 바로 그녀의 장기인 배리어였다.

다만 오르도가 지닌 검과의 상성이 좋지 않았을 뿐. 그녀가 자책할 정도로 그녀의 능력이 약한 것은 아니었다.

스스로를 책망하는 성희의 감정이 흘러들어오자 그녀를 지그시 쳐다보던 하루나가 뭐라 말하려던 입을 굳게 다물었다.

스스로 성장하려는 그녀의 모습을 도와서는 안 된다고 느꼈기 때문이었다.

이를 통해 그녀의 보호막은 좀 더 단단해지고 강해질 것이 분명했기 때문이었다.

각성을 통해 얻게 된 이능력은 본인이 지닌 의지와 그 능력의 고하가 밀접한 관계를 맺고 있다는 것이 최근 들어 정설로 굳어진 사실이었다.

더 강해지고 싶다!

이러한 열망이 이능력자들의 이능을 더 강하게 발전시켜나가는 원동력으로 작용했다.

이를 증명하기라도 하듯이 자신과 성희를 감싸고 있는 보호막이 한차례 빛나며 좀 더 두터워지고 촘촘하게 변했다.

본인은 아직 자각하지 못하고 있는 것 같긴 했지

만….

'뭐, 나쁜 결과는 아니니 그대로 좀 더 두고 볼까
나?'

순둥이처럼 보이는 겉모습과 달리 그녀는 S등급
을 부여받은 전 세계에 몇 안 되는 능력자들 중 하
나였다.

위험하다고 극구 반대하는 유건을 설득해서 데리
고 나온 것이 바로 자신 아니었던가?

'언제까지 품안에 싸고 돌 수는 없겠지.'

언젠가 아나지톤이 지나가는 말로 이렇게 말했었
다. 그녀가 자각한 능력이 온전하게 개화한다면 더
블랙 그자의 공격조차 온전하게 막아낼 정도로 강
력해질 것이라고.

'반드시 그래야 하고말고.'

검의 능력을 빌어 장 루이를 둘러싸고 있던 여덟
겹의 보호막을 베어낸 오르도가 전력을 다해 상대
의 심장을 노리고 검을 찔러 넣었다.

휘둘러서 베어내는 종류의 공격만 시도하다가 갑
작스럽게 변화된 그의 공격에 장 루이가 일순 반응
하지 못한 채 그대로 가슴을 내주고야 말았다.

그 순간 새롭게 자각한 장 루이의 이능이 발현되
었다.

검과 맞닿은 가슴 부위의 시간이 정지했다.

당연히 가슴을 가르고 뼈를 부수며, 심장을 박살 내버렸어야 했을 상대의 검이 마치 그의 가슴을 그냥 통과하기라도 한 것처럼 흘러가버렸다.

그와 동시에 멈췄던 시간이 흘렀다.

'응?'

뭐라 말로 설명하기 힘든 위화감을 느낀 오르도가 다시금 검을 회수해 상대의 발등을 찍어 내려갔다.

상대는 자신이 자각한 이능력으로 인해 방어에 무척이나 취약한 모습을 보였다.

그도 그럴 것이 굳이 방어할 필요성을 느끼지 못했기 때문이었다.

하지만 자신이 지닌 이 검이라면 그 어떤 단단한 몸뚱이라 할지라도 베어내지 못할 이유가 없었다.

오랜 세월을 통해 스스로의 검로를 새롭게 개척해낼 만큼 완숙한 경지에 다다른 오르도였기에 이번만큼은 상대가 피해내지 못할 거라 확신했다.

그러나 또다시 찾아온 기묘한 위화감과 함께 그의 검이 애꿎은 바닥만 박살내고 말았다.

'뭐지?'

스스로도 세기를 포기한 만큼의 세월을 살아오며

오직 검 하나에 매진했던 그였다.

그런 그의 검이 두 번이나 자신의 의도와 전혀 다른 결과를 만들어냈다.

위화감.

자신과 같은 경지에 다다른 이를 속일정도의 능력이라면 보통의 범주를 한참 벗어난 것이어야 했다.

두 번이나 찾아왔던 위화감의 정체.

이를 확인하기 위해 오르도가 다시금 현란하게 발을 놀리며 상대의 배후로 돌아가 척추를 끊어버릴 기세로 검을 내뻗었다.

검이 상대의 몸에 닿으려던 찰나 다시금 조금 전과 같은 위화감이 찾아왔다.

그 순간 오르도의 눈이 찬란하게 빛나기 시작했다.

세상의 근원을 비추는 빛.

그 빛 가운데 서려있는 성스러운 기운을 느낀 이들이 경외심을 가득 담아 붙여준 이름이 바로 성왕(聖王)이었다.

세상에 존재하는 모든 사이한 기운을 꿰뚫고 진실을 보게 만들어주는 그의 진정한 힘이 발동했다.

'저건가?'

그의 검과 맞닿은 상대의 등에서 기묘한 일렁거림이 발생하는가 싶더니 이내 자신의 검이 허공을 가르고 있었다.

'검의 존재 그 자체를 비껴냈다?'

지금까지의 상대의 행동을 살펴본 결과 차원을 넘나드는 능력을 자각한 것은 아니었다.

그것이 아니라면?

그의 비상한 두뇌가 오랜 세월에 걸쳐서 쌓여진 그의 방대한 기억을 찾아 헤매다가 해결의 실마리를 가져다줄 생각의 단초를 끄집어냈다.

과거 대마도사라 스스로를 칭하며 마법사들로 구성된 군세를 일으킨 동쪽의 마왕.

그가 마지막 싸움에 선보였던 그 마법.

그 마법을 경험했을 때 느꼈던 그 기묘한 느낌이 지금 느낀 위화감과 같다는 것을 떠올렸다.

'시간의 모래라고 했었던가?'

자신과 동반 자살을 하기 위해 두 사람의 시간 자체를 정지 시키려고 시도했던 그의 한 수로 인해 자칫하면 당할 뻔 했던 아찔했던 순간을 다시금 되새긴 오르도가 이를 드러내며 웃었다.

'시간이었군! 시간을 조절한 것이었어!'

시간이라는 것은 한낱 피조물에 불과한 이들이

다룰 수 있는 성질의 것이 아니었다.

우주의 창조 질서와 함께 탄생한 시간은 그 어떤 강대한 존재조차 비껴갈 수 없는 절대의 법칙과도 같았다.

놀랍게도 상대는 극히 찰나에 불과하긴 했지만 일정 부분에 대한 시간 자체를 조절할 수 있는 능력을 자각한 것 같았다.

물리 데미지가 통하지 않는다는 몸도 사실은 단단한 것이 아니라 시간을 다루는 이능을 자각하는 도중에 발현된 부산물과도 같은 것이었으리라.

'보아하니 아직 그 능력을 온전히 다룰 수 있는 건 아닌가보군.'

만약 상대가 자신이 자각한 이능을 온전히 다룰 수 있었다면, 아마 자신은 이미 죽음을 맞이하여 오랜 세월을 살아왔던 삶을 마감할 수 도 있었을 터였다.

반복되는 위화감 덕분에 깨닫게 된 상대의 능력.

이 절호의 기회를 그는 절대 놓치지 않았다.

놔두면 후에 감당하기 힘들만큼 강대한 능력자가 되어 자신 앞에 서게 될 확률이 높았다.

과거 엄청난 재능을 타고 났던 이들을 미리 처리하며 미래의 대적자들을 줄여나갔던 그의 애검에 서늘한 기운이 잔뜩 서렸다.

이능을 발현할 틈조차 주지 않고 몰아친다!

생명의 위협을 느낄 정도의 일격을 수도 없이 날려 상대의 신경을 분산시킨다.

결심한 순간 오르도의 몸이 눈부신 백광에 휩싸인 채 여러개로 분열되기 시작했다.

분열된 빛 덩어리 하나 하나가 모두 실체를 가진 진짜 그였다.

비록 나뉜 만큼 힘이 분산되긴 했지만, 그래도 그 분신 하나 하나가 장 루이로서도 결코 경시하기 힘들만큼 강력했다.

결국 참다못한 하루나가 그를 돕기 위해 전면으로 나섰다.

성희가 다급하게 하루나와 장 루이의 몸에 중첩해서 보호막을 씌웠다.

총 12개로 분화된 오르도의 분신들 중 하나가 곧바로 홀로 남은 성희를 향해 짓쳐 들어갔다.

"저런!"

"성희야!"

그런 그녀를 돕기 위해 몸을 날리려던 하루나는 자신을 가로막은 네 명의 오르도를 바라보며 진땀을 흘렸다.

멀리서 보고 있을 때와 달리 이렇게 직접 마주하고

나니 상대에게서 느껴지는 압력이 상상을 초월했다.

하루나의 이능력이 풀가동되며 그녀에게 수많은 정보들을 전해주기 시작했다.

공기의 흐름을 타고 떠다니는 먼지들까지 그녀의 감각에 모조리 걸려들었다.

'온다!'

상대의 움직임을 타고 흐르는 공기의 떨림이 그녀에게 곧바로 정보를 전해주었다.

장 루이는 자신을 둘러싼 일곱 명의 오르도를 바라보며 미간을 좁혔다.

하나일 때에 비해 그 기세가 조금 줄어들긴 했지만 결코 경시할 수 없을 정도의 위압감이 사방에서 느껴졌다.

그들 중 하나의 입이 열렸다.

"시간을 다룰 줄 알다니. 무서운 새끼 사자가 자라고 있는 줄은 정말 몰랐군."

"그, 그걸 어떻게?"

"시간이라는 절대의 영역에 손을 댄 자가 역사 가운데 자네 혼자뿐이었을 거라 생각하나?"

"끄응."

"아쉽지만 더 자라나기 전에 그 싹을 손수 잘라내주지."

"어림없는 소리."

"그건 두고 보면 알 일이고. 그럼 시간도 별로 없으니 빨리 끝내자고."

그의 말처럼 자신의 기운을 나눠 열두 개의 객체로 분열시키는 것은 엄청난 에너지를 소모하는 일이었다.

그만큼 효율적이긴 했지만, 아무리 오르도라고 할지라도 이런 상태를 오랫동안 유지할 수는 없었다.

"간닷!"

"하앗!"

거의 동시에 달려든 적들을 상대로 장 루이의 거대한 몸이 유려한 동작을 선보이며 현란하게 움직이기 시작했다.

⁕

연신 투덜거리며 걸음을 옮기던 제임스가 갑자기 멈춰 섰다.

그와 보조를 맞추며 은밀하게 움직이던 베네피쿠스가 의아한 눈으로 그를 쳐다보았다.

평소 장난기 가득하고 조금은 가벼워 보이는 행

동들을 자주하는 제임스이긴 했지만, 그가 지금과
같은 얼굴을 하고 있을 때는 무척 중요한 때라는 것
을 잘 알고 있었기 때문이었다.

"아무래도 하루나쪽에 문제가 생긴 것 같다. 도우
러 가야겠어."

"문제?"

고개를 갸웃거리며 묻는 베네피쿠스의 창백한 얼
굴을 보며 쓰게 웃은 제임스가 말했다.

"그녀와 나 사이에는 평소에도 어느 정도의 정보
를 공유할 수 있게끔 작게 링크가 되어 있거든."

쑥스러운 듯 콧잔등을 긁어가며 하는 그의 말에
그런가보다 하고 급히 방향을 돌리는 베네피쿠스였
다.

그런 그의 뒷모습을 보며 제임스가 나직이 혀를
찼다.

"쳇, 괜히 혼자 흡혈귀 녀석 앞에서 부끄러워했잖
아."

저만치 앞서가는 베네피쿠스를 향해 주먹감자를
먹인 제임스가 부지런히 걸음을 옮겼다.

왠지 모를 불길한 예감이 그의 걸음을 재촉했기
때문이었다.

그 시각.

볼코프와 더불어 마틴과 캐빈을 데리고 길을 나섰던 철환은 본궁의 가장 깊은 곳까지 들어와 있었다.

어느새 군인이라는 특수성 때문인지 급격하게 친해진 마틴과 볼코프가 적의 중심부에 와있다는 것을 망각하기라도 했는지 이런 저런 장난을 치며 투덕거리고 있었다.

"긴장 좀 하십시오. 아무리 적들의 기척이 느껴지지 않는다고 해도 엄연히 여기는 적의 심장부가 아닙니까?"

보다 못한 캐빈의 질책어린 말에 객쩍어진 마틴이 연신 헛기침을 해댔다.

볼코프가 그런 그의 옆구리를 팔꿈치로 찔러가며 조용히 말했다.

"야, 네 부관 성격 장난 아닌데? 평소에 골치 좀 아프겠다?"

딴에는 작게 속삭인다고 한 것 같은데 텅 빈 공간을 타고 그의 말이 크게 울려 퍼졌다.

"다 들립니다만?"

"커흠흠, 뭐, 딱히 틀린 말 한건 아닌데 뭘 그렇게 쌍심지를 키고 쳐다보고 그러나?"

딴청을 피우면서도 할 말은 다 하는 볼코프의 얄미운 모습에 깊게 한숨을 내쉰 캐빈이 성큼 앞으로 나서서 철환과 걸음을 나란히 했다.

"너도 고생이 참 많구나?"

철환의 말에 캐빈이 쓰게 웃으며 답했다.

"어쩌겠습니까? 타고난 팔자가 그런걸."

그의 말에 철환의 눈이 커졌다.

"호오~ 그런 말도 할 줄 아나?"

"아버지께서 주한미군으로 오랫동안 근무하셨습니다. 그래서 저도 어릴 적에는 한국아이들과 똑같이 뒹굴며 놀았었죠."

"그렇군."

딱히 더 깊이 파고들지 않는 철환의 담백한 대답에 캐빈의 입가에 만족스러운 미소가 걸렸다.

수다스럽지 않으면서 책임감 있게 행동하고, 매사에 신중한 모습.

딱 그가 그리는 주군으로서의 이상적인 모습이었다.

뒤를 슬쩍 돌아보며 여전히 시답잖은 이야기들을 주고받으며 낄낄대고 있는 마틴의 모습을 확인한 캐빈의 입에서 깊은 한숨이 새어나왔다.

그렇다고 이제 와서 어쩌겠는가? 그가 한말처럼 다 타고난 운명인 것을.

고개를 내저으며 애써 상념을 털어내던 캐빈이 갑자기 멈춰선 철환의 발에 맞추어 급히 동작을 멈췄다.

의아한 얼굴로 그를 돌아본 캐빈의 눈에 긴장한 얼굴로 굵은 땀을 흘리고 있는 철환의 얼굴이 들어왔다.

왜냐고 물을 것도 없이 기운을 끌어올리며 주변을 경계하는 그의 곁으로 어느새 다가온 마틴이 검을 빼들었다.

그리고 마지막으로 볼코프가 조용히 기척을 지우며 은신에 들어갔다.

감쪽같이 사라진 그의 기척을 쫓던 캐빈이 속으로 나직이 감탄했다.

"끄응~"

결국 참다못한 철환의 입에서 작은 신음소리가 흘러나왔다.

그러나 아무것도 느끼지 못한 마틴과 캐빈은 긴장한 얼굴로 연신 좌우를 살피기만 할 뿐 그 어떤 행동도 취할 수가 없었다.

철환의 모습으로 비춰봤을 때 무척 위험한 적이 나타난 것 같긴 한데, 자신들로서는 아무것도 느낄 수 없었기 때문이었다.

그렇게 한참의 시간이 흐르고 난 뒤 철환의 고개가 오른쪽으로 돌아갔다.

그를 따라 고개를 돌린 두 사람의 눈에 깔끔한 검정색 수트 차림의 사내가 다가오는 모습이 보였다.

등까지 내려오는 긴 흑발을 자연스럽게 늘어뜨린 그의 칠흑 같은 두 눈과 마주친 캐빈은 마치 벼락이라도 맞은 것 같은 전율을 느끼며 자신도 모르는 사이에 한발자국 뒤로 물러섰다.

마치 짠 것처럼 같은 동작으로 뒤로 한발 물러선 마틴과 그의 등줄기를 타고 서늘한 기운이 스쳐지나갔다.

눈을 마주친 것만으로도 이렇게 긴장하게 만드는 상대는 캐빈의 짧은 삶 가운데 처음이었다.

어릴 때부터 아버지를 따라 다니며 고위급 군 관계자들을 자주 만나왔던 그는 남다른 담력을 자연스럽게 길러가며 성장할 수 있었다.

게다가 그 자신조차 가문을 따라 전승되는 비범한 능력을 타고 났기에 어지간한 일에는 눈 하나 깜짝하지 않는 강심장을 지니고 있었다.

그런 그가 눈이 마주치는 찰나의 순간, 저절로 죽음을 각오할 만큼의 강렬한 자극을 받았다.

'위험하다, 위험해.'

그의 뇌리에서 당장 자신의 주군을 모시고 이곳을 벗어나야 한다는 경종이 계속해서 울려댔다.

피가 나게 입술을 깨문 그는 입안에서 느껴지는 비릿한 혈향을 맡으며 정신을 다잡았다.

'대체 어떤 자기에…'

그의 의문에 답해주기라도 하듯 땀으로 범벅된 철환의 입이 열렸다.

"더 블랙…."

그의 입에서 나온 한마디에 캐빈은 지체 없이 마틴의 손을 끌어당기며 뒤로 몸을 날렸다.

패닉상태에 빠져 있던 마틴은 자신도 모르는 사이에 캐빈에게 끌려갔다. 자신의 손을 마주잡은 그의 손아귀가 땀으로 흥건했다.

그제야 흠칫거리며 정신을 차린 마틴이 발에 힘을 주고 버텨 섰다. 그리고 튀어나올 듯 불거진 눈으로 그런 자신을 쳐다보는 캐빈을 향해 말했다.

"도망쳐봐야 소용없다 캐빈."

"그래도!"

'저자는 안 된다. 도저히 맞서서 이길 수 없다.'

그 와중에도 캐빈의 머릿속에서는 계속해서 도망쳐야 한다는 생각만 떠올랐다.

"너의 선택은 옳았어, 하지만 그래선 안 된다는 것 정도는 너도 잘 알고 있잖아."

볼코프가 은신한 채 적을 겨누고 있었고, 자신들을 이끌던 철환이 홀로 적을 마주한 채 남아 있었다.

물론 그도 잘 알고 있었다. 이렇게 아군을 내팽개쳐둔 채 도망쳐서는 안 된다는 것을.

그러나 자신은 스스로를 위해 살아가는 자가 아니었다.

그의 주군인 마틴을 살리기 위해서라면 이보다 더한 짓도 할 수 있었다.

확고한 주군의 눈빛을 마주한 캐빈의 몸이 바닥으로 허물어져 내렸다.

이제 끝났다.

회색빛으로 물들어가는 그의 동공에 남은 것은 체념뿐이었다.

그 유능하던 자신의 수하를 단숨에 극한의 상태로 몰아넣은 적의 존재감을 떠올린 마틴의 얼굴이 잔뜩 일그러졌다.

그 와중에 자신을 데리고 이만큼이나마 도망친 건 정말이지 칭찬받아 마땅한 일이라고 할 수 있었다.

실제로 그 자리에서 자신의 의지로 몸을 움직일 수 있었던 건 캐빈 그가 유일했으니까.

주저앉은 캐빈을 일으켜 세운 마틴이 그를 부축하며 말했다.

"아직, 끝난 게 아니야. 나도 너도, 우리 모두 아직은 살아있다."

'그러니 희망을 버려서는 안 돼….'

속으로 삼킨 뒷말은 스스로에게 하는 말이었다.

도망치다말고 되돌아온 마틴과 캐빈의 모습을 흥미롭다는 듯이 한차례 쳐다본 검은 머리의 사내가 입을 열었다.

"재미있군, 본능인 건가? 아니지, 여기서는 그 말보다 더 적합한 말이 있을 것 같은데… 그렇지. 그게 바로 사명이란 건가? 저쪽 세계에서 흔히 말하는 기사도와 같은 거로군. 주군을 위해 공포를 이겨낸다 이건가. 재미있군, 정말 재미있어."

중간계의 조율자로서 태어난 드래곤은 기본적으로 호기심이 많았다.

그 호기심을 채우기 위해 몇 백 년 동안 하급 몬스터로 변해 유희를 즐긴 드래곤이 있을 정도였다.

정신계열 마법에 있어서 다른 드래곤들에 비해 탁월한 능력을 타고난 블랙 드래곤 바하무트의 눈에 기이한 열기가 서렸다.

캐빈을 향한 그의 눈길을 자신의 몸으로 차단한 마틴이 떨리는 입을 열어 말했다.

"불, 불허한다!"

"호오~ 내 눈빛을 읽었단 말인가? 한낱 인간 주제에?"

정말 재미있었다.

자신이 과거에 장난삼아 심어놓은 익숙한 기운이 느껴져서 와봤을 뿐인데, 전혀 예상치 못한 즐거움을 전해주는 이들이 그의 곁에 있었다.

한쪽 구석에 몸을 숨긴 채 자신을 겨누고 있는 또 다른 인간, 아니 다른 아종족 녀석 또한 무척이나 흥미로운 존재였다.

"좋아! 그냥 기다리기도 무척 무료했으니, 내 특별히 너희들을 나의 거처로 초대하도록 하지. 물론 거절은 용납하지 않아. 특히, 네 녀석!"

"으아악!"

은밀한 몸짓으로 이곳을 빠져나가려던 볼코프가 그의 손가락이 튕겨지자마자 비명을 지르며 바닥을 뒹굴었다.

"좋은 재료도 구했으니 기다리는 동안 녀석에게
줄 선물을 정성껏 준비해봐야겠군."

그의 마지막 말을 끝으로 자신의 온 몸을 짓누르
는 말로 표현할 수 없는 거력에 맞서 힘겹게 버티던
철환의 눈이 돌아갔다. 그리고 그대로 바닥에 쓰러
지고 말았다.

"이런, 개새…."

풀썩.

분노에 찬 얼굴로 욕설을 토해내던 마틴의 신형
이 그대로 허물어졌다.

무척이나 만족스러운 웃음을 짓고 있던 더 블랙
의 손길을 따라 공중으로 떠오른 네 사람의 신형이
되돌아가는 그의 뒤를 따라 천천히 움직였다.

. ▲ .

미궁 안에 만들어진 인류 연합의 총력이 집결된
요새는 복마전과도 같았다.

기본적인 체제나 운영은 대게 가드의 책임 하에
진행되고 있긴 했지만, 가드 마스터인 아나지톤의
의도적인 방임 하에 여러 가지 작전들이 하루에도
수없이 진행되고 있었다.

"여우가 굴에 성공적으로 잠입했다는 소식입니다."

해가지며 만들어낸 그림과도 같은 노을 진 풍경을 감상하며 시가를 피우고 있던 사내의 뒤에 공손히 시립한 군인 하나가 조심스럽게 보고를 올렸다.

가장 먼저 유건의 혈액 샘플을 손에 넣어 전 세계에 존재하는 연구 기관들 중 가장 효율적인 키메라 군인들을 만들어내는데 성공한 대표적인 대 몬스터 기구인 대 몬스터 위원회 (CMC, Counter-Monster Committee)의 실권을 한손에 거머쥔 사내의 입고리가 조심스럽게 말려 올라갔다.

이를 따라 자연스럽게 그의 얼굴에 깊게 패인 주름이 일그러졌다.

얼굴을 대각선으로 가로지르는 총상의 흔적만 아니었다면, 꽤나 미남이었을 사내의 얼굴이 거대한 창에 언 듯 비쳤다.

"그거 모처럼 만에 듣기 좋은 소식이로군. 마정석의 확보는?"

그의 물음에 마치 준비하고 있었다는 듯 즉시 대답하는 군인의 보고에는 전혀 막힘이 없었다.

"목표치에는 조금 모자라지만 최근 들어 공급 속도가 빨라져서 한 달 이내에 원하는 분량을 확보할 수 있을 것 같습니다."

"흐음, 그렇군. 아직도 마틴 대령에게서는 별다른 소식이 없나?"

"네, 아직까지는….."

"하여튼 그 집안사람들은 애나 어른이나 하나같이 제멋대로 행동한다니까. 쯧."

마음에 안 든다는 듯 가볍게 혀를 찬 사내가 다시금 말을 이었다.

"이번 기회가 아니면 아마도 평생 그 가드 녀석들의 뒤꽁무니만 따라다니며 떨어지는 부스러기만 먹고 살아야 할 거다. 주어진 시간 안에 반드시 그들에게 뒤지지 않는 전력을 확보해야만 해. 알겠나?"

"네, 명심하고 있습니다. 모든 전력을 기울이고 있으니 곧 가시적인 성과가 있을 겁니다."

"그래야지, 암, 그래야 하고말고. 그건 그렇고….."

잠시 생각을 정리하던 사내가 다시금 말을 이었다.

"그 인위적인 각성자를 안전하게 만들어내는 방법을 전해준 대한민국의 대표자 이름이 뭐라고 했지?"

"미스터 한. 말씀이십니까?"

"그래, 그 친구에 대해 조사 좀 해봤나?"

"네, 본래 온전한 각성을 이루지 못해 가드 소속

요인 경호 담당팀에 속해 있던 사람입니다."

"그런 그가 갑자기 어느 날 온전한 각성을 이뤘고, 또 그의 도움을 받아 온전하게 각성하게 된 이들의 지지를 받아가며 단숨에 세계의 관심을 한 몸에 받는 중요 인물로 떠올랐다?"

"네, 그렇습니다."

"그런데, 그 중요한 정보를 아무런 대가없이 지불한다라… 그것도 한 가지 지원 약속만 지켜준다면? 흐음, 분명 뭔가 있어. 그렇지 않고서야."

"그 부분에 대한 의혹은 저희뿐만 아니라 대부분의 기관들이 공통적으로 지니고 있는 가장 중요한 요점입니다, 다만…."

"다만, 뭔가?"

"정보를 제공하는 대가로 일정 수준 이상의 요원들을 미궁 안으로 보내달라는 그 요구 조건 말고는 아무런 문제가 없어 보입니다. 굳이 그 조건이 아니라고 하더라도 어차피 저희는 요원을 파견 했을 테니까요."

"그래, 그 말대로야. 결국 바뀐 건 그 미궁 안으로 파견되는 요원의 질이라는 건데."

잠시 생각에 잠겨 있던 사내의 입이 한참 만에 열렸다. 손에 들고 있던 시가가 거의 다 타들어갈 무렵이었다.

"만약 그곳에 투입된 모든 요원과 물적 자원들을 그대로 잃는다고 한다면 우리 측이 입게 될 타격은 얼마나 되나?"

"많게 잡아도 대략 25% 내외입니다."

"흐음, 생각보다 많군?"

"최근에 새롭게 발견된 마정석들의 효율이 기존 것들보다 몇 배는 더 뛰어나다는 연구 결과가 있어서 근 한 달 사이에 많은 연구진들과 물량이 새롭게 투입되었기 때문입니다."

"그대로 미궁이 닫혀버리고 투자한 모든 것들을 잃는다고 했을 시에 변하게 될 세계 각 중요 기관들 간의 힘의 균형을 파악해서 보고하도록 해."

"네, 알겠습니다. 빠른 시일 안에 보고 드리도록 하겠습니다."

"그래, 그럼 나가 보도록."

"네."

수하가 조용히 문을 닫고 나가고 난 뒤 더 이상 그의 기척이 느껴지지 않자 사내가 거의 다 타버린 시가를 비벼 끄며 말했다.

"저 노란 원숭이 새끼들에게 더 이상 밀릴 수는 없지. 반드시 이번 기회를 통해 우리가 주도권을 가져와야 해."

마치 스스로 다짐이라도 하듯이 되뇌는 그의 파
란 두 눈에 광기서린 열망이 서려 있었다.

·   · ❖ ·

황급히 퇴각해 요새의 가장자리를 둘러싸고 있는
방어벽의 상층부에 올라선 수습요원들의 입에서 연
신 탄성이 울려 퍼졌다.

자신들로서는 쉽사리 짐작조차 안 되는 능력자들
이 펼쳐내는 화려한 광경들이 입을 다물 수 없게 만
들었기 때문이었다.

그중에서도 발군은 적의 가장 심장부까지 밀고
들어가 종횡무진 활약을 펼치는 한 사람의 활약이
었다.

"아주 좋아! 더 덤비라고! 하하하하!"

붉게 달아오른 얼굴을 비롯한 온 몸에서 땀이 기
화되며 뿌연 수증기를 만들어냈다.

쉬지 않고 밀려드는 각종 몬스터들을 말 그대로
박살내가며 종횡무진 활약하는 강찬의 모습엔 지켜
보는 이들의 피를 뜨겁게 만드는 무언가가 있었다.

그런 그를 보이지 않는 곳에서 맴돌며 각종 보조 마

법들을 쉬지 않고 써대는 밀리언 또한 마찬가지였다.

'한 가지 능력이 중첩되면 이런 게 가능해지는 거였나?'

그의 말처럼 강찬은 단순한 육체 강화 능력이 세 번에 걸쳐서 중첩된 특이한 경우에 속하는 각성자였다.

단순한 육체 강화 능력자들의 경우, 최전선에서 활동하는 경우가 많아 일반적으로 작전 중 사망하는 일들이 매우 잦았다.

어지간한 몬스터들보다 더 강한 힘과 능력을 지닌 이들도 많았지만, 그렇다고 해서 그들이 무한정 그 힘을 지속할 수 있는 건 아니었기 때문이었다.

그러나 지금 적진의 한가운데서 맹활약을 펼치는 강찬의 경우는 기존의 고정관념 자체를 깨버리는 파격을 몸소 보여주고 있었다.

전투가 벌어진지도 어느덧 반나절.

대략 잡아도 근 6시간 정도를 쉬지 않고 몸을 움직이며 적들을 상대하고 있었다.

게다가 언뜻 보니 아직도 꽤나 여유가 있어 보이는 모습이었다.

평범한 몬스터들을 상대로 이렇게 활약을 펼쳤다

고 해도 놀랐을 터인데, 지금 쳐들어온 녀석들은 기존의 그것들과 궤를 달리하는 강함을 지니고 있었다.

이를 증명하기라도 하듯이 전선 곳곳에서 일반 요원들에 비해 평균 세배이상 강한 능력을 지니고 있는 일급 요원들조차 종종 밀리는 양상을 보여주고 있었다.

그럼에도 불구하고 이 소년은 아랑곳하지 않고 맹활약을 펼치고 있는 것이었다.

그와 마찬가지로 빼어난 활약을 펼치는 강찬의 모습을 유심히 지켜보고 있던 유건의 눈이 순간 번뜩였다.

그를 향해 저 멀리서부터 날아드는 짙은 회색빛을 띠는 무언가를 발견했기 때문이었다.

이를 발견함과 동시에 유건의 몸이 움직였다.

높은 곳에 위치한 지휘부에서 정면을 향해 조금 앞으로 나서는가 싶었던 그의 신형이 어느덧 전장의 한가운데를 밟고 서있었다.

그가 뚫고 지나간 여파로 산산 조각난 전면 창을 통해 세찬 바람이 밀려들어왔다.

"마, 말도 안 돼. 저거 특수 강화 처리된 유리라 어지간한 미사일도 다 막아내는 물건인데."

바람에 흩날리는 문서들을 주울 생각조차 하지 못한 채 망연자실한 얼굴로 깨진 창문을 바라보고 있던 모니터 요원의 목소리가 그대로 바람에 삼켜졌다.

"숙여라."

신나게 날뛰고 있던 강찬은 자신의 주먹을 아무렇지 않게 잡아 챈 정체모를 사내의 등장에 무척 놀랐다.

그러기도 잠시 마치 그대로 하지 않으면 큰일 날 것 같은 기분에 휩싸인 채로 황급히 고개를 숙였다.

쩌어어엉!

귓가를 쩌렁 쩌렁 울려대는 굉음에 고개를 숙인 강찬의 입에서 저절로 신음 소리가 흘러나왔다.

유건이 휘두른 팔에 맞고 튕겨져 나간 의문의 기운이 한쪽에 모여 있던 몬스터 군단을 일소시켜 버렸다.

"저, 저게 무슨."

강찬 앞에 갑자기 모습을 드러낸 사내의 모습에 놀라 달려오던 밀리언의 눈이 휘둥그레졌다.

그제야 그의 모습이 눈에 익다는 생각이 들었다. 어디서 많이 본 것 같은 익숙함.

화들짝 놀란 그가 황급히 고개를 숙이며 인사를

건넸다.

등에 돋아난 검은색 날개가 없어서 한 번에 알아 보지 못한 스스로를 속으로 책망했다.

"교, 교관님을 뵙습니다."

"어, 그래. 그것보다 애 데리고 뒤로 물러나라. 다른 애들도 조금씩 뒤로 물리고."

"네? 아, 넵."

그가 자신이 아닌 무언가를 응시하고 있다고 느낀 밀리언이 그가 바라보고 있는 방향을 쳐다보았지만, 그의 눈에는 미궁 특유의 검붉은 하늘 외에는 아무것도 보이지 않았다.

"안가냐?"

그제야 황급히 정신을 차린 그가 충격의 여파로 인해 정신을 차리지 못하고 있는 강찬을 부축해 빠른 속도로 뒤로 물러났다.

그들의 기척이 멀어지는 것을 느낀 유건이 강하게 땅을 굴렀다.

쿠아앙!

그 충격의 여파로 인해 땅거죽이 지진이라도 난 듯 출렁거렸다.

"쿠어?"

그와 동시에 그를 향해 달려들던 몬스터들이 중

심을 잡지 못하고 비틀거렸다.

"왜? 눈 돌아가니까 아무나 다 만만해 보이냐? 쯧."

태초의 마녀 릴리스의 마력이 과도하게 주입되어 광기에 휩싸인 몬스터들의 상태를 단숨에 알아낸 유건이 마음에 들지 않는 다는 듯 가볍게 혀를 차며 손을 휘둘렀다.

그의 손끝에서 검붉은 기운이 소용돌이치며 길게 뻗어 나왔다.

마치 채찍처럼 낭창거리는 그 기운에 걸린 모든 것들이 두 조각났다.

그것으로도 모자라 잘려나간 시체들이 힘의 여파로 인해 모조리 가루가 되어 흩날렸다.

순식간에 그를 중심으로 반경 백여 미터 정도가 공동화 되어 버렸다.

"이제 오나?"

아무것도 보이지 않는 허공을 향해 던진 유건의 물음에 색기가 잔뜩 묻어나는 웃음소리가 대답대신 들려왔다.

"호호호호호."

그와 동시에 공간을 그대로 잘라 낸 것 같은 통로를 통해 육감적인 몸매를 자랑하는 여인이 모습을 드러냈다.

"그대가 그분이 말씀하신 바로 그 대적자로군요."

유건의 모습을 감별하기라도 하듯이 위 아래로 훑어보던 여인이 혀를 살짝 내밀어 입술을 핥았다.

어지간한 남자라면 참지 못한 채 그대로 달려들 만큼 뇌쇄적인 몸짓이었다.

"욕정을 풀 상대가 필요한 거였다면, 상대를 잘못 짚었어."

자신의 마력에 조금도 영향을 받지 않은 유건의 모습에 조금은 놀란 듯 여인의 눈이 커졌다.

"어머? 그게 숙녀에게 할 말인가요?"

"살아온 세월을 따지자면 숙녀라고 자칭하기엔 좀 부끄러울 것 같은데 말이지."

"흥, 여자는 언제나 소녀라는 걸 모르시나보군요."

"뭐, 그렇다 치고. 입으로 싸우려고 온건 아니겠지?"

"어머? 성격도 급하셔라. 혹시 조루?"

"그런 유치한 도발은 그만 집어 치우지? 짜증나니까."

새치름한 얼굴로 몸을 배배꼬며 대화를 이어나가던 태초의 마녀 릴리스가 언제 그랬냐는 듯 날카로운 기세를 쏘아내며 말했다.

"흥, 조금 놀아주려고 했더니 알아서 매를 버는구나? 그렇게 하지 않아도 제발 죽여 달라고 애원할 만큼 괴롭혀 줄 텐데 뭐가 그리 아쉬운 건지."

마지막에 가서는 처음과 같이 야릇한 비음을 흘려가며 말을 건네는 여인의 모습에 졌다는 듯 유건이 고개를 내저었다.

"안 오면 내가 먼저 가지."

퍼엉!

땅거죽이 움푹 패여 나갈 만큼 강하게 땅을 구른 유건의 주먹이 단숨에 여인의 복부에 틀어박혔다.

"응?"

손에 걸리는 감각이 이상하다는 것을 깨달은 유건이 즉시 몸을 빼냈다.

퍼어엉!

그와 동시에 방금 전까지 그가 있던 자리에서 거대한 불길이 치솟았다.

"아, 아깝다. 한방 제대로 먹여줄 수 있었는데."

불길을 헤치며 모습을 드러낸 태초의 마녀 릴리스가 아쉬움 가득한 표정을 지으며 윙크를 날렸다.

방금 교환했던 한수를 통해 결코 쉽지 않은 상대라는 것을 직감한 유건의 등 뒤에서 네 장의 검은 날개가 피어올랐다.

검붉은 색으로 소용돌이치는 날개를 바라보는 여인의 표정이 황홀하게 변했다.

"아아~! 아름다워!"

진심으로 감탄하는 여인이 야릇한 교성을 토해내며 말했다.

"너는 꼭, 내가 가져야겠어."

그녀의 주변에서 붉게 타오르는 화염이 피어올랐다. 마치 그녀를 보호하기라도 하듯이 소용돌이치는 화염의 한가운데서 그녀가 유건을 향해 손을 내밀었다.

"이리 오렴?"

"그럼, 사양 않고 가지."

불길이 전혀 두렵지 않은 지 유건이 맹렬한 기세로 그녀를 향해 달려들었다.

∵

날아가는 유건의 주위로 대기가 소용돌이쳤다.

거기에 휩쓸린 몬스터들이 영문도 모른 채 그대로 생을 마감했다.

본능적으로 죽음의 위기를 느낀 몬스터들이 두

사람의 격돌 현장에서 자연스럽게 멀어졌다.

수많은 몬스터들 사이로 거대한 공백이 생겨났다.

일급 요원들로 구성된 방어진 또한 두 사람을 피
해 자연스럽게 산개한 몬스터들의 움직임에 맞춰
유동적으로 변화했다.

상대의 움직임에 맞춘 진영의 유연한 변화에 아
나지톤이 나직이 감탄 했다.

저쪽은 걱정하지 않아도 충분히 잘 막아낼 수 있
을 것 같아 보였다.

그의 황금색으로 빛나는 눈이 거대한 불덩어리로
화한 태초의 마녀 릴리스를 향해 달려드는 유건에
게로 향했다.

유건의 몸 주변을 두른 검은 기류가 릴리스의 몸
을 보호하며 소용돌이치는 불길을 차단했다.

더불어 살을 녹여버릴 것 같은 뜨거운 열기 또한
완벽하게 가로막혔다.

무심한 눈으로 고혹적인 모습을 보이고 있는 릴리
스를 바라본 유건이 그대로 강하게 진각을 밟았다.

투웅!

그를 중심으로 일어난 힘의 여파가 원을 그리며
사방으로 퍼져나갔다. 그 여파를 따라 땅이 출렁거
렸다.

주변에 있던 몬스터들이 순간 중심을 잃고 이리 저리 휘청거렸다.

다리를 타고 올라온 힘이 완벽에 가까운 힘의 이동에 의해 유건의 주먹으로 그대로 옮겨갔다.

그 과정 중에 자연스럽게 더해진 혼돈의 기운이 비교할 대상을 찾아보기 힘든 파괴적인 거력을 그 위에 부여했다.

화르륵~!

마치 살아있기라도 한 것처럼 유건의 공격을 막아내기 위해 전면으로 모여든 불꽃이 둥근 방패모양으로 뭉쳐들었다.

고대의 마학의 정수가 한데 모여 탄생한 궁극의 마도기 심연의 불꽃 '이프리트'가 바로 그녀의 몸을 두르고 있는 불꽃의 정체였다.

스스로의 의지로 자신의 주인을 보호하며 상대방을 공격하는 이 마도기는 태초의 마녀 릴리스의 마력을 마음껏 빨아들이며 그 크기를 불려나갔다.

뻐엉!

압축된 공기가 단숨에 터져나가며 불꽃으로 만들어진 방패의 한 가운데 구멍이 뚫렸다.

그 구멍 사이로 놀란 토끼눈을 하고 있는 릴리스의 얼굴이 언뜻 보였다.

한번 난 구멍은 이프리트의 힘에 의해 자연스럽게 메워지는 것이 일반적인 패턴이었는데 이번만은 그렇지 못했다.

마치 거대한 산맥에 구멍을 뚫어가며 받혀놓은 기둥들처럼 그물모양으로 얽히고설킨 혼돈의 기운이 기회를 놓치지 않겠다는 듯 구멍의 형태를 유지하고 있었기 때문이었다.

당연히 그 찰나의 틈을 놓칠 리 없는 유건이었다.

뻗었던 주먹을 펴자 이내 그의 손가락 끝에서 검붉은 기운이 길게 뻗어나갔다.

퍼억!

황급히 몸을 피하던 릴리스의 어깨에 작은 동전만한 구멍이 뚫렸다.

사방으로 비산하는 붉은 핏줄기가 채 땅에 닿기도 전에 그녀의 신형이 바닥으로 꺼지기라도 한 것처럼 순식간에 눈앞에서 사라졌다.

단순한 눈속임.

피식 웃은 유건이 양팔을 활짝 펴자 그의 등 뒤로 돋아나 있던 네 장의 날개가 사방을 향해 날카로운 칼날을 뿜어냈다.

그간의 대련을 통해 성장한 것은 비단 그들뿐만이 아니었다. 유건의 힘의 운용 또한 무척이나 매끄럽게 변했다.

"쳇!"

유건의 등 뒤로 돌아갔던 릴리스가 마음에 들지 않는 다는 듯 혀를 차며 모습을 드러냈다.

그런 그녀의 복부와 허벅지에는 유건의 날개에서 뻗어나간 혼돈의 칼날이 관통해 있었다.

마치 남의 일인 것처럼 무심한 표정으로 이를 내려다보던 그녀가 인상을 찌푸리며 말했다.

"모처럼만에 얻은 마음에 드는 몸이었는데 꼭 이렇게 흠집을 내야 쓰겠어?"

처음과 달리 이번에는 상처 난 부위에서 한 방울의 핏물조차 흐르지 않았다.

"역시 그런 거였나?"

처음 그녀를 대면했을 때부터 묘하게 그의 신경을 거슬리게 만들던 위화감.

마치 살아있지 않은 무생물을 대하는 것 같은 그 느낌의 정체가 밝혀지는 순간이었다.

"그게 아니면? 그 오랜 세월을 살아왔는데 몸이 견뎌나기라도 할 것 같았나보지?"

"글쎄~ 그렇게 오래 살고 싶지는 않아서 말이지."

"흥! 너 같은 놈들이 꼭 마지막 순간에 죽기 싫다고 제발 살려달라고 매달리더라."

"그거야 두고 보면 알 일이고…."

어깨를 으쓱거리며 말을 늘이던 유건의 눈에서 검을 불길이 확하고 일어났다.

"본체는 거긴가?"

"윽!"

태초의 근원을 이루는 혼돈의 힘.

그 파괴적인 원초적인 힘 앞에서는 그 어떤 사술도 그 본질을 완벽하게 감출 수 없었다.

살아있지 않은, 인형과도 같은 몸의 중앙.

그곳에 뭉쳐있는 일련의 기운. 그것이 바로 그녀의 본질이었다.

수많은 세월을 살아오며 스스로를 정령화해 육체가 지니는 본질적 한계를 뛰어넘은 시대가 낳은 희대의 마물.

태초의 마녀 릴리스의 정체였다.

순간 자신이 펼쳐놓은 수십 겹의 방어벽을 뚫고 자신의 본질에 와 닿은 유건의 시선을 느낀 그녀가 가늘게 몸을 떨며 입을 열었다.

자신의 목소리가 떨리고 있다는 걸 인식조차 못하고 있는 듯 했다.

"대, 대체 뭐, 뭘 어떻게 한거지?"

"세월의 흐름에 풍화되어 사라지기가 그렇게 두

려웠던가?"

"그, 그걸 네까짓 녀석이 어떻게 안다고!"

"꼭 오래 살아보지 않아도 알 수 있는 것들이 있는 법이지."

"이익! 네, 네놈! 절대로 살려 보내지 않겠어!"

주군의 명에 따라 그의 생명을 취할 자격을 온전히 얻지 못한 그녀였기에 가벼운 여흥삼아 이곳을 찾았던 그녀였다.

그러나 자신의 본질을 들켜버린 순간 그녀를 찾아온 수치심은 이내 엄청난 분노로 화해버렸다.

쿠쿠쿵!

대기가 진동했다.

구구구궁!

땅이 흔들렸다.

이곳은 그녀의 강대한 마력으로 만들어진 그녀만의 영지.

대기 중에 가득 퍼져있는 것은 곧 그녀의 존재의 파편.

이 공간 안에서만큼은 그녀는 절대적인 힘을 지닌 신과 같은 존재였다.

그런 그녀가 분노하자 대기가 호응했다, 땅이 응답했다.

제법 효과적으로 몬스터들을 막아내고 있던 일급 요원들이 갑자기 뒤로 밀리기 시작했다.

몬스터들의 눈빛이 붉게 빛나는가 싶더니 일순간 배는 더 강한 힘으로 요원들을 밀어 붙이기 시작했기 때문이었다.

분노한 그녀가 본격적으로 힘을 운용하기 시작하자 강대한 힘을 자각하고 완숙한 경지에 이른 유건조차 인상을 찌푸리지 않을 수 없었다.

온 사방에서 그를 향해 몰려드는 기운이 만만치 않았기 때문이었다.

이제는 더 이상 적당히 힘을 유지해가면서 상대할 수 있다는 생각이 들지 않았다.

생각을 굳힌 그가 본격적으로 힘을 운용하자 이내 그의 등 뒤로 열두 장의 검붉은 날개가 모습을 드러냈다.

좌우로 길게 뻗어나간 날개로 인해 그를 압박하던 기운들이 순식간에 소멸됐다.

과거에 형체가 불분명하던 때와 확연히 달라진 모습이었다.

완전한 형체를 갖추기도 했을 뿐더러 색까지 검붉은 광택이 흐르는 완연한 빛깔을 갖추고 있었다.

게다가 거기서 뿜어져 나오는 기운이 엄청났다.

144

공간자체에 꾸준히 저장해 놓았던 기운을 힘입어 분노를 표출하려던 태초의 마녀 릴리스가 순간 정신을 차리게 만들 정도였다.

꿀꺽.

긴장으로 인해 침을 삼킨 그녀가 끓어올랐던 분노를 가라앉히고 한데 모인 힘을 온전히 컨트롤하기 시작했다.

그녀의 온 몸을 타고 엄청난 거력이 휘몰아 쳤다.

이렇게까지 힘을 개방한 것이 얼마만인지 기억이 나지 않을 정도로 오랜만에 느껴보는 충족감이었다.

"하아~"

그 힘이 전해주는 짜릿한 감각에 나른한 한숨을 토해낸 태초의 마녀 릴리스의 전체 모습이 변화했다.

키도 좀 더 커지고 전체적으로 풍기는 분위기도 무거워졌다.

"이제 제대로 한 번 붙어보자고."

"흠."

가볍게 깊은 숨을 내쉰 유건이 그녀를 향해 전광석화 같은 속도로 날아들었다.

투콰앙!

엄청난 굉음과 함께 공간 그 자체가 뒤흔들렸다.

더불어 몬스터들 또한 말 그대로 미쳐 날뛰기 시작했다.

자연스럽게 그들을 막아내던 일급 요원들의 피해가 서서히 늘어나기 시작했다.

"후퇴한다! 외벽 근처까지 조금씩 물러나라!"

밀리언의 외침에 요원들이 점차 뒤로 물러서기 시작했다. 일단 외벽까지만 가면 어느 정도 도움을 받을 수 있었기 때문이었다.

외벽 위에는 각종 마학의 도움을 받은 최신 무기들이 잔뜩 도열해 있었다.

그의 생각대로 사정거리 안으로 들어선 몬스터들을 향해 각종 무기들이 불을 뿜어댔다.

그 엄청난 화력에 힘입어 어느 정도 여유를 되찾은 일급 요원들의 모습을 한차례 훑어본 뒤 숨을 돌린 밀리언이 저 멀리서 인간으로 보기 힘든 광경을 연출하며 격돌하고 있는 두 존재를 쳐다보았다.

만약 이곳에 유건, 그가 없었다면?

볼 것도 없이 몰살이었다. 그 어떤 강대한 무기도, 각자의 연구진들이 비밀리에 만들어 낸 키메라 군단이라 할지라도 저 괴물을 감당할 수는 없을 거라는 생각이 그의 뇌리를 사로잡았다.

흘러내리는 땀을 거칠게 닦아낸 그가 이제는 보이지 않을 정도의 거리까지 멀어진 유건을 향해 나직이 중얼거렸다.

"부디 승리하시길…."

　·　✿　·

요새가 입게 될지도 모를 싸움의 여파를 우려한 유건이 전력을 다한 공격을 연신 퍼부으며 상대의 신형을 뒤로 밀어 붙였다.

태초의 마녀 릴리스는 그의 공격 하나 하나에 실린 엄청난 힘으로 인해 그의 의도를 알면서도 뒤로 물러설 수밖에 없었다.

쉴 새 없이 날아들던 공격이 멈추자, 어느 정도 거리를 두고 선 두 사람이 숨을 고르며 다음 일격을 준비하기 시작했다.

전력을 다한 일격을 계속해서 날리던 유건의 날개 하나가 반쯤 줄어들어 있었다.

이를 알아차린 릴리스가 매력적인 웃음을 날리며 입을 열었다.

"그 날개가 힘의 척도인가보지? 네 날개가 모두 사라지는 게 먼저일지, 아니면 내가 쓰러지는 게 먼저일지. 후훗, 재미있겠네."

그가 지닌 힘의 총량을 가늠하던 그녀가 자신만
만한 표정으로 무심한 표정을 하고 있는 유건을 바
라보았다.

'내가 지닌 힘은 오랜 세월에 걸쳐서 비축해 놓은
공간 그 자체야. 결코 내가 뒤질 일은 없어.'

주군의 대적자를 없애게 된 뒤에 감당하게 될 그
분의 분노가 걱정이 안 되는 건 아니었지만, 그렇다
고 해서 자신의 자존심을 건드린 저자를 살려 보낼
생각은 전혀 없었다.

막연하게 느껴지던 불안감을 전부 털어낸 그녀가
가볍게 손가락을 튕겼다.

그러자 잠시 모습을 감췄던 고대의 마도기 이프
리트가 모습을 드러냈다.

그녀의 마력을 한껏 머금은 녀석은 조금 전과 비
교할 수 없을 만큼 강렬한 불꽃을 피워내며 주위를
맴돌았다.

그녀의 손끝에서 마치 주인에게 아양을 떠는 애
완동물처럼 맴돌던 불꽃이 전면을 가리키는 그녀의
손짓을 따라 유건을 향해 짓쳐들었다.

주변의 대기가 이지러져 보일정도로 강렬한 열기
를 내뿜는 불기둥을 향해 유건이 등에 메고 있던 신

창 롱기누스를 내뻗었다.

고대의 마도기를 대표하는 신창 롱기누스와 심연의 불꽃 이프리트가 만났다.

모든 시간이 멈춘 가상의 공간.

그 가운데 기사의 복장을 갖춘 사내와 붉은 주단으로 몸을 감싼 요염한 여인이 마주섰다.

"오랜만이군요."

여인의 말에 사내가 겸연쩍은 얼굴로 대답했다.

"그렇군."

"아직도 그 창에 영혼이 매여 있는 걸 후회하지 않는 건가요? 그녀는 이미 이곳을 떠났는데도?"

말을 건네는 여인의 표정이 무척이나 슬퍼보였다.

"……."

사내는 그녀의 물음에 한동안 아무런 말도 하지 않았다.

"오랫동안 존재감을 느낄 수 없어서… 나는 네가 소멸된 줄 알았다."

"저도 마찬가지 이었어요 오라버니."

그녀의 대답에 결국 참지 못한 사내가 소리쳤다.

"너는! 대체, 어째서 스스로 그 안에 영혼을 봉인한 것이냐! 어째서!"

소리쳐 묻는 사내도 여전히 슬픈 눈으로 그를 바라보는 여인도 모두 그 대답을 알고 있었다.

그러나 결코 입 밖으로 꺼내진 않았다. 마치 그래서는 안 된다는 걸 잘 알고 있기라도 한 것처럼.

"지금의 주인은 무척 강하답니다. 부디 몸조심하시길."

"끄응….."

살포시 고개를 숙이며 인사를 건네는 여인의 모습에 사내가 침음성을 내뱉었다.

고개를 숙인 그녀의 두 눈에서 뜨거운 눈물이 방울져 바닥으로 떨어졌다.

한동안 고개를 들지 못하던 그녀가 고개를 들자, 사내가 참아왔던 숨을 토해내며 말했다.

"이번에 만난 주인은 혼돈의 군주이다. 그 어떤 힘도 이 앞에서 버텨낼 수 없어. 그러니, 기회를 봐서 도망가도록 하거라."

마도기에 스스로의 의지로 봉인된 영혼이 그럴 수 없다는 걸 잘 알고 있는 두 사람이었기에 그가 건네는 말이 아무런 의미가 없다는 것쯤은 잘 알 수 있었다.

그러나 그녀는 그런 그의 말속에 담긴 따뜻한 정을 느끼며 미소 지었다.

"고마워요, 오라버니."

"그래…."

몸을 돌리던 그녀의 귓가로 그 사내의 마지막 말이 들려왔다.

"또, 보자꾸나."

이곳에 모습을 드러낸 후 처음으로 그녀의 입가에 미소가 맺혔다.

가상의 공간에서 시간을 비껴간 두 사람의 만남과 전혀 상관없이 두 사람은 서로의 목숨을 노린 채 공격을 주고받았다.

엄청난 불꽃을 뿜어내는 이프리트의 공격에도 불구하고 신창 롱기누스는 전혀 물러서지 않았다.

유건의 힘을 잔뜩 빨아들인 롱기누스의 창대가 낭창거리며 불꽃을 헤집었다.

유건의 힘으로 인해 검붉게 변한 창대가 불꽃에 담긴 힘의 정수를 모조리 파괴했다.

태초의 근원에서 파생된 혼돈의 힘 앞에서 온전히 그 본질을 유지하는 힘은 존재하지 않았다.

불은 어디까지나 혼돈의 파견에 불과한 힘.

그 존재의 서열 앞에서 제아무리 몸부림친다고 한들 맹렬히 타오르는 불꽃이 혼돈을 넘어설 수 없었다.

롱기누스의 창끝에 맞닿은 불꽃이 사그라지며 힘을 잃어갔다.

마치 신창 롱기누스가 이프리트의 불꽃 그 자체를 먹어치우는 것 같았다.

그 모습에 태초의 마녀 릴리스가 당황했다.

자신의 충만한 마력을 통해 한 단계 강화된 이프리트의 불꽃이었다.

애초에 고대로부터 내려오던 마도기들 중 으뜸을 달리던 것이 바로 심연의 불꽃 이프리트였다.

이를 얻기 위해 그녀가 치른 희생이 얼마나 컸던지, 자그마치 300년 동안이나 몸을 웅크린 채 상처를 치료해야만 했다.

그러나 그 희생만큼의 충분한 값을 하는 것이 바로 이프리트였기에 그녀는 단 한 번도 이를 얻기 위해 치른 희생에 대해 후회해 본적이 없었다.

그녀의 눈에 검게 번들거리는 창이 들어왔다.

그녀의 남다른 안목은 저것 또한 일반적인 상리에서 벗어난 마도기 임을 곧바로 파악해냈다.

곧바로 힘을 회수한 그녀가 한참을 뒤로 물러섰다.

어느새 반쯤 먹혀버린 이프리트가 그녀의 몸을

휘감아 돌며 괴로워하고 있었다.

인상을 살짝 찌푸린 그녀가 이프리트의 소환을 해제함과 동시에 마법을 영창했다.

그녀는 직접 몸을 움직여 적을 공격하는 타입이 아니었다.

그녀의 몸 주변으로 수십 개의 마법진이 모습을 드러냈다.

마법사의 수준을 가늠하게 해주는 멀티 캐스팅.

그녀가 선보인 것은 둘, 셋이 아닌 무려 수십 개의 각기 다른 마법이었다.

어지간한 마법사라면 그녀의 이런 능력을 보자마자 꽁무니를 빼느라 바빴을 테지만, 그녀의 상대는 혼돈의 군주인 유건이었다.

그녀의 손짓에 따라 각기 다른 속성을 지닌 마법들이 유건을 향해 날아들었다.

그 현란한 모습에 외벽 위에서 싸움을 지휘하고 있던 최철준 요원이 움직임을 멈춘 채 멍하니 그 광경을 바라보았다.

멀리 떨어져 있었지만, 그 마법들이 가져온 여파가 이곳까지 밀려왔기 때문이었다.

외벽 위에 있는 이들 중 멍하니 선 채로 이를 바라보고 있는 것은 그를 제외한 몇몇 뿐이었다.

이를 느낄만한 수준이 되지 않는 이들은 그저 밀려드는 몬스터들을 향해 연신 공격을 해대기에 바빴다.

잠시 멈춰있던 철준은 멀리 떨어져 있는 외벽에서도 그 거대한 존재감이 생생하게 느껴지는 유건을 속으로 응원하며 외벽의 전투를 지휘하기 위해 다시금 고개를 돌렸다.

그런 그의 응원 덕분인지 몰라도 쉴 새 없이 날아드는 강대한 마법들 속에서도 유건의 표정은 한결같았다.

날개를 이용해 몸을 공처럼 둥글게 에워싼 유건이 반격 기회를 찾기 위해 신경을 곤두세운 채 바깥의 상황에 귀를 기울였다.

빛이 번뜩이고, 날카로운 바람의 칼날이 날개를 헤집었다. 그 위로 지독한 한기를 품은 얼음덩어리들이 날아드는가 싶더니 이내 후끈한 열기가 몰려왔다.

수없이 많은 망령들의 소리가 주변을 가득 채우고, 눈을 뜨기 힘들 만큼 강렬한 빛이 다시금 번뜩였다.

지상에 존재하는 모든 마법이 총동원된 것 같은 현란한 마법의 향연 속에서 묵묵히 견뎌내던 유건이 어느 순간 전면을 향해 벼락같이 내달렸다.

마법들 사이에 존재하는 찰나의 간극을 파고들며 몸을 빼낸 것이었다.

퍼억!

그리 크지 않은 소음이 들리는가 싶더니 경악에 물든 릴리스의 신음이 그 뒤를 이었다.

"컥, 커흑. 어, 어떻게?"

그녀가 자신의 가슴을 꿰뚫은 유건의 팔을 내려다보며 물었다.

"미안하지만, 인간이 근원을 비틀어 만들어낸 마법 따위로는 나를 어쩌지 못해."

인형에 불과한 몸을 꿰뚫은 일격 보다, 그 안에 담긴 혼돈의 여파가 그녀의 본질을 파괴했다.

비록 온전한 진체는 아닐지언정, 그녀의 분신과도 같은 본질의 소멸에 그녀는 적지 않은 타격을 입었다.

경악에 물든 그녀의 얼굴 앞으로 숨결이 느껴질 정도로 가까이 들이민 유건이 이를 드러내며 웃었다.

"다음에는 이런 걸로 간보지 말고 직접 오도록 해. 그때는 진.짜.로 죽여줄 테니까. 알겠어?"

혼돈이 소용돌이치는 유건의 검은 눈동자를 마지막으로 그녀의 의식이 끊어졌다.

"우웩~!"

그 순간 본궁 지하에 존재하는 심처에 몸을 숨기고 있던 태초의 마녀 릴리스가 검붉은 핏물을 토해내며 자리에서 벌떡 일어났다.

"거, 건방진!"

본인의 전력에 비한다면 비록 2할 정도에 불과한 힘을 지닌 인형이었지만, 그 안에 담겨 있던 그 힘 자체는 더 이상 회수 할 수 없을 정도로 철저하게 파괴되고 말았다.

게다가 그 인형이 지니고 있던 마도기 이프리트마저 적의 수중에 떨어지고 말았다.

인형에 불과했기에 힘의 운용이 본체에 비해 다소 미흡했다고는 하지만, 그녀로서는 예상치 못했던 패배였다.

힘의 운용에 있어서 찰나에 불과한 간극.

그자가 파고든 것은 바로 그 작은 틈이었다.

검게 죽어버린 피를 한차례 더 뱉어낸 그녀가 심처를 향해 걸음을 옮겼다.

뒤흔들린 내부를 다스리고 다시금 잃어버린 힘을 회복해야만 했다.

"다음번에는 기필코!"

강대한 마력을 통해 세상을 구성하는 근원의 끝자

락에 맞닿은 그녀의 뇌리에 다음번의 만남이 끝이
될 수도 있다는 예지에 가까운 무언가가 전해졌다.

그러기 위해 준비가 필요했다.

과연 적은 주군이 대적자로 인정할 만큼의 강대
한 힘을 지니고 있었다.

게다가 자신이 나눠 놓았던 본질 그 자체를 파괴
한 그 힘!

그 정체불명의 힘이 그녀의 뇌리에 끊임없이 경
종을 울려대고 있었다.

· ☗ ·

"헉헉헉헉, 아~ 이번에는 진짜 죽을 뻔 했다."

중국계 미국인인 제임스 장이 너스레를 떨며 그
자리에서 널브러졌다.

전면을 가득 채운 몬스터들의 사체에서 고약한
악취가 밀려들었지만 손가락 까딱할 힘조차 없는
건 그 뿐만이 아니었다.

여기 저기 아무렇게나 널브러진 요원들 사이에서
연신 앓는 소리들이 흘러나왔다.

그중에서도 여전히 팔팔한 강찬이 선배 요원들에
게 물과 음식을 나눠주며 돌아다녔다.

곧이어 외벽 문이 열리며 구급 요원들과 수습 요원들이 외부로 몰려나왔다.

더불어 몰려나온 소속을 알 수 없는 다양한 사람들이 일급 요원들을 지나쳐 수를 헤아리기 힘들만큼 많은 몬스터들의 사체를 뒤적거리거나, 실어 나르기 시작했다.

"어? 아직 안 죽은 녀석들도 있을 텐데?"

누워서 물을 마시던 요원 하나가 놀란 얼굴로 내뱉은 말을 증명해주기라도 하듯이 몬스터를 뒤집고 다니던 이들 중 몇몇이 비명을 지르며 공중을 날아갔다.

그제야 다급히 그곳으로 다가간 수습 요원들이 몬스터를 확인 사살 했다.

"쯧쯧쯧, 저렇게 욕심을 부르니 사람이 다치지."

날아가는 모습을 보아하니 어설프게나마 일반인의 범주는 벗어난 것처럼 보였다.

크게 다치지는 않았겠지만, 그렇다고 아주 멀쩡하지는 않을 터였다.

혀를 차던 요원이 아직도 욱신거리는 팔뚝을 매만지며 자신의 근처를 지나가는 구급 요원을 불렀다.

뒤를 이어 계속해서 외벽 밖으로 몰려나온 이들

이 그들을 지나쳐 몬스터들의 사체들을 향해 나아
갔다.

함께 나온 각종 트럭들이 사체를 가득 실고 내부
로 사라졌다.

어딘가에 차려진 그들만의 연구소로 행하는 것일
터였다.

각국에서 보내진, 혹은 기관들에서 파견된 요원
들과 연구진들이 가장 좋아하는 것이 이곳 미궁 내
에서만 발견할 수 있는 몬스터들의 사체였다.

물론 살아있는 채로 사로잡으면 더 좋겠지만, 몰
려드는 몬스터를 막아가는 와중에 그 누구도 그런
것 까지 감안해 가면서 전투를 벌일 필요를 느끼지
못했다.

물론 개중에는 살아있는 개체를 얻어서 다급히
되돌아가는 이들도 있었다.

그렇다고 그들에게 일일이 다가가 경고를 줄 수
는 없었다. 모든 일급 요원들이 순수한 목적으로 이
곳에 파견된 것은 아닐 테니까.

게다가 이곳의 실질적인 총책임자인 가드 마스터
의 방임 하에 대부분의 일들은 묵인되고 있는 실정
이었다.

이를 잘 알고 있는 밀리언이 텁텁한 입을 헹구기

위해 연거푸 물을 들이켰다.

　그들이 전장을 정리하고 있는 그 시각.

　유건은 먼지가 되어 흩어져 버린 릴리스의 인형의 잔재들 속에서 붉게 번들거리는 아름다운 보석이 박혀있는 목걸이를 발견했다.

　이를 집어 들자 이내 목걸이가 마치 싫다는 듯 웅웅거리며 몸을 떨어댔다.

　"닥쳐."

　으르렁 거리며 내뱉은 유건의 말에 이내 목걸이가 잠잠해졌다. 이와 동시에 그의 손에 들려 있던 신창 롱기누스가 가늘게 몸을 떨어댔다.

　"응? 넌 또 뭐? 할 말이라도 있는 거냐?"

　그가 지닌 신창 롱기누스는 유건의 허락 하에 그의 마력을 빌어 몸을 드러낼 수 있었다.

　그러나 거기에 소모되는 마력이 엄청났기에 유건은 이를 쉽게 허락하지 않았다.

　계속해서 몸을 떨어대는 롱기누스를 바라보며 유건이 인상을 찌푸렸다.

　"대체 하고 싶은 말이 뭔데?"

　짜증을 내며 마력을 건넨 유건의 앞에 롱기누스가 몸을 드러냈다. 이번엔 전형적인 기사의 그것과

유사한 형체를 이룬 롱기누스가 모습을 드러내자
마자 유건 앞에 한쪽 무릎을 꿇었다.

"응? 너 뭐하냐?"

"나 신창 롱기누스, 나의 주인인 유건 당신에게
부탁할 것이 있다."

"부탁? 네가, 나한테?"

"그렇다. 그 목걸이에 봉인된 것은 나와 같이 고
대에 만들어진 마도기 심연의 불꽃이라 불리던 이
프리트다. 주인 네가 이를 취해다오."

"너 하나도 신경 쓰이는데 또 다른 녀석을 취하라
고?"

"......."

그의 물음에 무릎을 꿇고 고개를 숙인 롱기누스
는 침묵했다.

유건이 지닌 힘 자체가 워낙 거대해서 평소에 잘
티가 나지 않았지만, 신창 롱기누스는 평소에도 유
건이 지닌 마력을 엄청나게 먹어치우는 괴물이었
다.

내색하지 않았지만, 이는 유건에게도 꽤나 신경
쓰이는 일이 아닐 수 없었다. 그런데 거기에 더해
하나를 더 취하라고?

직접 모습까지 드러내 다짜고짜 무릎을 꿇고 저

161

렇게 부탁하는 데에는 무언가 이유가 있을 거라 생
각한 유건이 물었다.

"이유가 뭔데?"

"……."

"그렇게 입 다물고 있지 말고 뭐라고 얘기를 해
봐. 그 이유가 뭔데?"

"그건… 내가 그녀에게 진 빚이 있기 때문이다."

"빚? 그녀?"

전혀 짐작조차 못한 그의 대답에 순간 멍해진 유
건이 인상을 찌푸렸다.

뭔가 묻기도 애매하고 그렇다고 가지고 다니기만
해도 부담이 되는 마도기를 하나 더 취하기도 부담
스러웠기 때문이었다.

유건이 고민하고 있다는 것을 느낀 롱기누스가
고개를 들고 유건이 혹할만한 조건을 제시했다.

"만약 네가 그렇게만 해준다면, 이후부터는 내가
온전히 너에게 복속되도록 하겠다."

"온전한 복속? 그게 지금과 무슨 차이가 있는 거
지?"

그의 제안에 무언가가 있다는 것을 본능적으로
직감한 유건이 넌지시 물었다.

"힘의 운용에 있어서 제한이 사라지고, 주인에게

가해지는 부담이 반으로 줄어들게 된다."

"그 말은…?"

"네가 힘을 쓰는데 있어서 나의 동의가 필요하지 않다는 거지, 그렇게 된다면 지금까지와 달리 필요한 만큼 원하는 대로 충분히 힘을 증폭시켜서 사용할 수 있다."

그의 말을 들은 유건의 미간이 꿈틀거렸다.

그럼 지금까지는 자신의 의지에 따라 힘을 사용하는 결과가 달랐다는 뜻 아닌가?

내심 괘씸했지만, 어차피 그건 지난 일. 유건의 머리가 빠르게 돌아갔다.

깊이 숨을 들이 쉬며 흥분을 가라앉힌 유건이 입을 열었다.

"단순히 저 이프리트라는 마도기를 취하기만 하면 그렇게 하겠다 이건가?"

"그렇다."

"흐음…."

유건이 고민하는 듯 하자 다급해진 롱기누스가 말을 이었다.

"그리고, 이프리트 또한 나와 같이 전적으로 네게 협조하도록 하겠다."

"그게 되나?"

"설득할 수 있다, 충분히 가능한 일이다."

"만약 네 말대로 된다면 그렇게 하도록 하지. 단, 이프리트가 네 말에 동의한다는 전제하에."

"그렇게 할 거다. 걱정하지 마라."

유건이 마력을 거두자 이내 롱기누스의 신형이 자취를 감췄다.

손에 들린 목걸이를 가만히 내려다보던 유건이 자신의 힘을 그 안으로 불어 넣었다.

이내 그의 무의식의 세계 속에 인위적으로 만들어진 공간에서 유건은 붉은 옷을 차려입은 여인과 마주설 수 있었다.

"당신이 그 이프리트인가?"

"네, 두 분이 나눈 이야기는 모두 들었습니다. 휴우~ 저도 그 조건에 동의합니다."

체념한 것 같은 그녀의 말에 유건이 미소 지었다.

"그럼 계약은?"

"성립되었습니다."

그녀가 유건의 앞으로 다가와 한쪽 무릎을 꿇고 유건의 손등에 입을 맞추었다.

신창 롱기누스를 취할 때와는 사뭇 다른 모습이었다.

"나 심연의 불꽃 이프리트는 당신이 죽을 때까지

주군으로 모시기로 맹세합니다."

그녀의 말이 끝나기 무섭게 한줄기 불꽃으로 화한 그녀의 몸이 유건의 몸속으로 빨려들 듯이 사라졌다.

이내 의식의 세계로 되돌아온 유건이 자신의 몸 주위를 천천히 맴돌고 있는 불꽃을 바라보며 만족스러운 웃음을 지었다.

손을 내밀어 불꽃을 만지자 뜨겁기 보다는 포근하다는 느낌이 들었다.

"좋군."

목걸이를 두 번 겹쳐서 팔찌처럼 착용한 유건이 의지를 불러일으키자 이내 몸을 휘감아 돌던 불꽃이 흔적도 없이 사라졌다.

손에 들린 신창 롱기누스로 쉴 새 없이 빨려 들어가던 마력도 평소의 절반 정도로 줄어들었다.

그의 입가에 맺혀있던 미소가 더욱 짙어졌다.

등 뒤로 두 장의 날개를 꺼내든 유건이 저 멀리 보이는 요새를 향해 날아올랐다.

　　　　　·　▼　·

격렬했던 전투가 끝나고 난 뒤 요새 전체가 여러

모로 소란스러웠다.

일급요원들 중 백여 명이 넘는 사상자가 발생했다.

겉으로는 애도의 메시지들이 오고갔지만, 물밑으로는 그 빈자리에 자신들의 사람을 집어넣기 위한 치열한 작업들이 진행되고 있었다.

비록 백여 명에 달하는 사상자가 있었다고는 하지만, 쳐들어온 몬스터들의 압도적인 무력과 그 끝이 보이지 않았던 수를 생각하면 일급요원들이 보여주었던 활약은 정말이지 엄청난 것이었다.

게다가 여러 세력들의 입김이 닿아있는 요원들의 실력이 유건과의 훈련을 통해 엄청나게 신장되었다는 것을 확인한 그들은 빈자리에 자신들의 요원을 투입하기 위해 온갖 방법을 다 동원했다.

"치열하군요."

아나지톤의 방 안으로 들어오던 유건이 자신에게 목례를 하고 스쳐지나간 유럽 가드 지부장의 뒷모습을 바라보며 말했다.

"기회를 잡으려면 부단히 노력해야 하는 법이니까요."

"그렇습니까?"

여전히 미소 짓고 있는 아나지톤의 속을 알 수 없는 얼굴을 보며 가볍게 고개를 내저은 유건이 소파에 깊숙이 몸을 묻었다.

"어땠나요?"

"인형이었을 뿐이라… 딱히 뭐 드릴 말씀이 없습니다."

"후후훗, 그래도 아주 소득이 없었던 건 아닌가보네요?"

아나지톤이 유건의 팔에 매여 있는 이프리트를 눈짓으로 가리키며 웃었다.

"아? 이거요? 뭐, 어쩌다보니."

"유건씨가 강해진다는 건 여러모로 좋은 일입니다."

"그래도 아직 많이 부족하지 않습니까?"

여전히 생생하게 느껴지는 적의 강대한 존재감에 살짝 인상을 찌푸린 유건이 말했다.

"그래도 그자와 달리 유건씨는 혼자가 아니잖아요? 그렇지 않나요?"

"동료들을 믿으라는 말입니까?"

"네, 혼자서만 떠안으려 하지 말고 동료들을 좀 더 믿어보세요."

"하지만, 지금 그들의 실력으로는…."

강대한 힘을 자각한 유건의 눈에 비친 동료들은 과거에 느꼈던 것처럼 든든한 지원자가 아니었다.

오히려 그가 지키고 보호해야할 대상에 불과했다. 그만큼 그와 동료들 사이에 존재하는 간극은 컸다.

마치 유건 자신과 더 블랙 그자 사이에 존재하는 간극처럼.

여전히 좁혀지지 않는 그자와 자신사이의 힘의 격차를 떠올린 유건의 미간이 좁혀졌다.

그런 유건의 어깨를 살짝 짚은 아나지톤이 변함없이 올곧은 눈으로 그를 바라보며 말했다.

"조금은 동료들을 믿어보는 것도 좋아요."

"그럴까요?"

"네."

"흐음…."

•　👆　•　•

유건이 무거운 한숨을 내쉬고 있던 그 시각.

오르도와 격돌하고 있는 하루나와 성희, 그리고 장 루이는 격한 숨을 토해내며 적을 격퇴하기 위해 최선을 다하고 있었다.

열 두 개로 나눠졌던 오르도의 분신도 어느덧 다섯 개의 개체가 줄어들어 있었다.

남은 것은 일곱.

그 중 하나는 방금 성희가 전력을 다해 만든 정사 각형의 공간속에 우겨진 채로 한쪽 구석에서 눈만 데굴데굴 굴리고 있었다.

이로서 주의해야할 대상은 여섯으로 줄어들어 있었다.

열 둘 중 둘이나 무력화 시킨 성희의 활약 덕분에 하루나와 장 루이에게 가해지는 부담이 한결 덜해졌다.

2차 각성을 통해 그 이능의 질 자체가 완연하게 달라진 하루나는 마치 혼자서 몇 십 명의 사람들이 할 법한 일들을 동시에 해내며 분신들을 차근차근 제거해 나갔다.

더불어 장 루이는 오르도라는 절대 강자와의 격돌을 통해 최근에야 깨닫게 된 자신의 이능에 대한 이해의 폭이 넓어져가고 있다는 것을 느끼는 중이었다.

다행인 것은 본체가 들고 있던 검 자체가 복제된 것은 아니라는 사실이었다.

열둘의 분신들 중 오직 한 개체만이 그 엄청난 힘을 내재하고 있는 검을 들고 있었다.

그 검을 들고 있는 개체만을 요리 조리 피해 다

니며 하루나와 공조해 분신들을 착실하게 줄여나
간 그는 내심 그녀의 탁월한 지휘력에 놀라고 있었
다.

마치 전장 전체를 한눈에 내려다보며 조율하는
놀라운 능력 덕분에 세 사람이 절대적으로 우위에
서있는 오르도를 맞이하여 믿기 힘들 정도의 활약
을 할 수 있었다.

그런 세 사람의 눈부신 분전에 조금은 놀란 오르
도가 무언가 결심한 듯 뒤로 한참을 물러섰다.

여섯 남은 분신을 한데 모은 오르도가 조금은 지
친 듯 깊은 한숨을 내쉬며 말했다.

"정말이지 놀랍군. 이렇게 까지 할 줄은 정말이지
몰랐어."

조금은 가벼운 마음으로 그들 앞에 나타난 오르
도였다.

그에게는 아무리 상대가 지닌 이능이 탁월하다
하더라도 모조리 분쇄해 버리고 자신의 의도대로
무너뜨릴 수 있다는 자신감이 있었다.

'저 여자.'

그가 가쁜 숨을 내쉬며 쉴 새 없이 눈을 굴리고
있는 여인을 바라보며 쓴웃음을 지었다.

마치 정교하게 맞물려 돌아가는 톱니바퀴처럼 한

치의 오차 없이 세 사람을 조율하여 자신의 분신들을 하나 둘 씩 처리하는 모습은 말로 설명하기 힘들 정도로 환상적이었다.

마치 잘 짜인 한 편의 연극을 보는 것만 같았다.

'나는 동의한 적이 없지만 말이지.'

게다가 아직까지 완벽하게 통제할 수 없는 검의 힘을 빌지 않으면 결코 뚫을 수 없는 방어막까지.

'요즘 들어서 망신당하는 일이 잦군.'

얼마 전에 맞붙었던 혼돈의 힘을 지닌 젊은 청년을 떠올린 오르도가 손에 들고 있던 검을 소환 해제했다.

이대로 물러서야 하는가?

어느 정도 타격을 입기는 했지만, 회복하기 힘들 정도는 아니었다.

조금 체면에 금이 가기는 하겠지만 이쯤에서 물러난다고 해서 뭐라 할 사람이 있는 것도 아니었다.

생각이 거기 까지 이른 오르도가 이를 드러내며 웃었다.

자신이 언제부터 이렇게 몸을 사렸던가?

가장 위험한 전장에 제일 먼저 몸을 던져 베어낸 적장의 목을 치켜들고 포효하던 때를 잊기라도 했단 말인가?

전장의 악마라 불리던 것이 바로 자신 아니었던 가?

세월이 그의 투쟁 본능을 갉아버린 것이 아니었다. 너무 오랜 시간 동안 생명의 위협을 느끼게 해줄 적을 만나지 못했기 때문이었다.

그렇게 자신도 모르는 사이에 조금씩 검날이 무뎌졌고, 평화로움에 익숙해진 것이었다.

이를 자각한 순간 그의 몸에서 지금까지와 비교할 수 없을 만큼 파괴적인 기운이 뿜어져 나왔다.

평화라는 사슬에 매여 있던 맹수가 다시금 우리 밖으로 뛰쳐나와 포효를 시작했다.

그 맹렬한 기운의 여파에 세 사람이 누가 먼저랄 것도 없이 한참을 뒤로 물러섰다.

그렇게 서로를 돌아보던 세 사람의 등 뒤로 식은 땀이 흘러내렸다.

무언가 본질적으로 다른 존재를 대면하고 있는 기분이었다.

"성희야! 보호막을! 어서!"

다급한 하루나의 외침에 성희가 머리가 깨질 것 같은 통증을 무릅쓰고 이능을 발현 시켰다.

한 겹 두 겹, 굳이 시키지도 않았는데 총 열두 겹의 보호막이 세 사람을 둥글게 감쌌다.

그리고 장 루이가 두 사람을 자신의 등 뒤에 두고 앞을 막아섰다.

긴장으로 인해 손아귀가 땀으로 흥건해졌다.

목이 바짝 말라버렸다. 시원한 물 한잔이 생각났다.

"온다."

갈라진 그의 음성에 뒤에 서있던 두 여인이 저절로 몸을 낮췄다.

언제라도 어느 곳으로라도 몸을 날릴 수 있게 준비했다.

열두 겹의 보호막이 그들을 에워싸고 있었지만, 결코 방심하지 않았다.

크허헝!

마치 신화 속에나 등장하는 마수가 울부짖는 것 같은 괴성이 울려 퍼졌다.

콰아앙!

엄청난 굉음과 함께 보호막의 절반이 단숨에 박살났다.

순식간에 이어진 제 이격, 삼 격!

끝내 열두 겹의 보호막이 모조리 사라졌다.

"오른쪽!"

하루나의 외침에 장 루이가 제일 먼저 몸을 날렸다.

콰앙!

달려들던 속도 그대로 장 루이의 거대한 신형이 뒤로 튕겨져 나갔다.

그런 그를 스쳐지나간 하루나가 과거 유건에게 전수해줬던 비기 아수라를 펼쳤다.

장 루이와의 격돌로 인해 만들어진 힘의 유동.

찰나에 불과한 그 작은 틈을 노린 절묘한 일격이었다.

터엉!

가죽 북 터지는 소리와 함께 하루나의 주먹이 오르도의 옆구리에 꽂혔다.

지닌바 모든 힘을 한 점에 모아 그대로 내지르는 일점집중의 권.

그 발경의 최고봉에 당당히 이름을 올리고 있는 아수라의 이빨에 옆구리를 물어 뜯겼음에도 오히려 상대가 하루나의 목덜미를 잡아챘다.

"이런!"

마치 거인에게 붙들린 것 같은 착각이 들었다.

휘이잉~!

엄청난 바람소리와 함께 주변의 풍경이 휙휙 지나갔다.

그렇게 수십 바퀴를 순식간에 회전한 오르도가

174 절음
자5

하루나를 마치 투포환처럼 쏘아 보냈다.

눈앞으로 빠르게 다가온 벽면을 바라보며 하루나가 이를 악물었다.

양 팔을 들어 전면을 가린 채 몸을 최대한 웅크렸다.

그 순간 그녀가 할 수 있는 최선의 방어였다.

콰아앙!

엄청난 굉음과 함께 하루나의 신형이 벽을 뚫고 그대로 처박혔다.

"헉!"

순식간에 자신의 앞을 막아서고 있던 두 사람이 사라졌다.

헛바람을 들이킨 성희가 다급히 보호막을 시전했다.

그녀가 자각한 이능의 본질은 사랑.

자신이 사랑하는 사람을 지키고 싶다는 간절한 바람.

그 열망이 구체적으로 발현된 것이 그 무엇으로도 쉽게 부술 수 없는 철벽의 장막이었다.

이렇게 발현된 보호막은 그녀의 의지 정도에 따라 그 강도가 정해졌다.

스스로를 보호한다?

그녀는 이타적인 면에 비해 이기적인 면은 조금 부족한 편이었다.

아니나 다를까 새롭게 시전한 보호막이 예전에 비해 무척이나 쉽게 깨져나갔다.

그러나 그녀로서도 그간 놀고만 있었던 게 아니었다.

계속해서 빠른 속도로 뒤로 물러서며 쉴 새 없이 보호막을 만들어냈다.

유건을 지키고, 그에게 도움이 되고 싶다는 강한 열망이 그녀의 자각을 도왔다.

지금 그녀는 사실상 그에게 걸려 넘어지는 돌, 그 이상도 이하도 아니었다.

그녀는 작금의 상황이 별로 마음에 들지 않았다.

그와 어깨를 나란히 하고 싶다.

그의 곁에 서서 마지막 격전의 순간 그에게 가해지는 모든 공격을 막아주고 싶었다.

알려진 바와 같이 이능을 발현 시키는 가장 강한 원동력은 열망이었다.

이를 악다문 성희는 자신의 보호막을 찢어발기며 조금씩 가까이 다가오는 적을 바라보며 그 어느 때보다 강하게 열망했다.

처음 이능을 각성한 순간부터 최고 등급을 부여
받았던 그녀였다.

그 절대적인 재능이 그녀의 열망으로 인해 온전
히 개화했다.

마치 고대의 바바리안처럼 파괴적인 갈망으로 온
몸을 휘감은 오르도의 날카롭게 벼려진 손톱이 다
시금 자신의 앞을 가로막은 투명한 막을 베어내기
위해 휘둘러졌다.

까앙!

꿈틀.

오르도의 미간이 찌푸려졌다.

처음으로 자신의 의지가 가로막혔다.

다시금 이를 부숴내기 위해 팔을 치켜들었다.

서걱.

소름끼치는 절삭음과 함께 그의 팔이 떨어져 나
갔다.

서걱.

이번엔 반대쪽 팔이었다.

서걱. 서걱. 서걱.

연달아 들려오는 절삭음과 함께 그의 사지가 떨
어져 나갔다.

마지막에는 그의 목이 잘려 나갔다. 그럼에도 불

구하고 그는 아무런 고통도 느낄 수 없었다. 놀랍게도 그는 사지가 잘려나가고 목이 잘려나간 상태에서도 멀쩡하게 살아있었다.

그 이해할 수 없는 현상에 오랜 세월을 살아오며 수많은 적들을 상대해왔던 오르도마저 순간 이러한 기현상을 이해하지 못해 눈을 껌뻑거렸다.

이능의 변화.

하루나가 처음 그 가능성을 열어주었던 2차 각성.

성희의 이능이 두 번째 각성을 이루며 새로운 능력을 자각했다.

그녀는 누가 가르쳐주지 않았음에도 자신이 새롭게 자각한 이능의 본질을 깨달을 수 있었다.

존재의 단절 그리고 이 세상으로부터의 완벽한 배제.

단순한 보호의 의미를 넘어선 최고의 등급을 자랑하는 성희, 그녀의 절대적인 이능이 지닌 본질이었다.

오르도는 사지가 '절단' 되어 각기 다른 공간속에 갇혔다. 그 결과 이 세상으로부터 완벽하게 '단절'

되었다.

진정한 보호는 공격하는 자를 없애버리는 데에 있었다.

그래서 최선의 방어는 공격이라는 말이 공공연히 회자된 것이 아닌가?

사지가 각기 다른 공간에 갇힌 채 조금씩 잊혀져 가고 있는 그 순간 정작 이러한 놀라운 이능을 행한 성희는 자기가 한 일에 대해 정확히 인지하지 못한 채 입만 벙긋 거리고 있었다.

그런 그녀의 어깨를 짚는 커다란 손이 있었다.

흠칫.

놀란 그녀가 고개를 돌리자 엉망이 된 채 입가로 가늘게 피를 흘리고 있는 장 루이의 신형이 눈에 들어왔다.

그녀의 놀란 눈을 마주한 장 루이가 천천히 입을 열었다.

"잘 했다. 덕분에 나와 하루나, 우리 모두 살 수 있었어. 고맙다 성희."

말주변이 별로 없는 그였기에 무뚝뚝하기 그지없는 말이었지만 그녀에게는 충분한 위로가 됐다.

그 순간 성희의 눈에서 뜨거운 눈물이 가득 고이다 못해 흘러 넘쳤다.

"아! 언니!"

흐르는 눈물을 닦을 생각조차 하지 못한 채 곧바로 하루나가 처박힌 벽을 향해 달려가는 그녀의 뒷모습을 보며 장 루이가 미소를 지었다.

지환이 봤다면 두고두고 놀렸을 법한 모습이었지만, 그 누구도 그의 미소를 보지 못했다.

금방 원래의 무뚝뚝한 얼굴로 돌아온 장 루이가 고통으로 인해 쉽사리 걷기 힘든 발을 억지로 끌며 성희의 뒤를 따라 갔다.

수북한 잔해를 치워낸 성희가 엉망이 된 채로 쓰러져 있는 하루나를 조심스럽게 품에 안아들었다.

그 순간 그녀는 자신이 자각한 이능의 본질에 대한 여러 가지 운용 방안을 떠올렸다.

고통을, 상처를…

"단절시킨다."

그녀의 의지가 일자 이내 하루나의 몸에 가득하던 상처들이 순식간에 아물기 시작했다.

그리고 이리 저리 뒤틀린 팔 다리의 뼈들이 제자리를 찾고 순식간에 원래의 모습으로 복구되었다.

그 믿기 힘든 기적의 순간을 지켜보던 장 루이가 자기도 모르게 탄성을 터트렸다.

고통으로 일그러져 있던 하루나의 얼굴이 편안해졌다.

이내 그녀의 숨소리가 고르게 변했다.

그제야 마음을 놓은 성희가 뒤에 서있는 장 루이를 향해 다가가 다시 한 번 이능을 발현시켰다.

온몸을 가득 채우고 있던 고통이 순식간에 사라진 것을 느낀 장 루이가 신기한 듯 팔다리를 이리저리 움직였다.

"고맙군. 하루나는 내가 들도록 하지."

하루나의 몸을 조심스럽게 안아든 장 루이가 성희와 함께 천천히 걸음을 옮겼다.

주변을 살펴봐도 마지막에 격돌했던 그 강대한 적의 존재감이 전혀 느껴지지 않았다.

"헌데 그자는 어떻게 된 거지?"

"글쎄요?"

순진한 얼굴로 고개를 갸웃거리는 성희의 모습에 장 루이가 어색하게 웃음을 터트렸다.

절대로 이 연약해 보이는 소녀를 건드리지 않겠노라고 굳게 다짐하며 사지가 분리된 채 존재 그 자체가 사라진 적을 향해 속으로 조용히 명복을 빌었다.

하루나 일행들이 있는 방향으로 전력을 다해 달려가던 제임스와 베네피쿠스가 저 멀리서 천천히 걸어오고 있는 그들의 모습을 발견했다.

'뭐지?'

의아함도 잠시 미간을 찌푸린 채 몸을 살짝 낮춘 제임스가 지금까지보다 배는 더 빠른 속도로 전면을 향해 달려갔다.

이번 일을 통해서 그는 하루나를 향한 자신의 마음을 확실하게 자각했다.

달려오는 내내 혹시나 그녀에게 무슨 일이 일어났으면 어쩌나 하는 생각을 떨쳐버릴 수가 없었다.

이곳으로 오는 동안 느껴지던 엄청난 존재감 때문에 그 막연한 걱정이 좀 더 구체적으로 다가왔다.

'빨리, 좀 더 빨리.'

얼마 되지 않는 거리가 이토록 멀게 느껴지긴 처음이었다.

가늘게 불꽃을 휘날리며 달려오는 제임스를 발견한 하루나와 성희가 반갑게 손을 흔들었다.

"여기요~! 제임스 아저씨!"

"저 사람이 여긴 왜 왔지?"

의아한 얼굴로 중얼거린 하루나가 거의 날듯이 달려와 자신을 끌어안는 제임스의 행동에 당황했다.

"뭐, 뭐야! 지, 지금 뭐하는 거냐고?"

"헉헉, 괜찮아? 어디 헉헉, 다친 데는 없고? 헉헉 헉헉."

얼마나 온 힘을 다해 달려왔는지 땀범벅이 된 얼굴로 말 조차 제대로 잇지 못하면서 자신을 걱정하느라 여념 없는 제임스의 모습에 뭐라고 더 쏘아 붙이려던 그녀가 조용히 미소 지었다.

굳이 이능을 통해 확인해볼 필요도 없이 자신을 걱정하는 그의 애틋한 마음이 온 몸으로 느껴졌기 때문이었다.

"나, 나는 괜찮아요. 그러니 너무 걱정하지 말아요."

그녀의 몸 여기저기를 살펴보던 그가 하루나의 따뜻한 목소리에 그 자리에서 허물어져 내렸다.

"하아~ 나는 정말이지… 당신이 어떻게 되는 줄만 알고…."

뒤늦게 도착한 베네피쿠스가 예의 그 창백한 얼굴을 한 채 무덤덤한 목소리로 말했다.

"그가 당신을 엄청 걱정하더군. 역시 사랑에 빠진 인간은 초월적인 힘을 발휘하는 법이었어."

그냥 정보를 나열하는 것 같이 느껴지는 무미건조한 그의 말이 지금처럼 확실하게 다가온 적도 없었던 것 같았다.

그의 말이 끝나기 무섭게 하루나의 얼굴이 붉게 달아올랐다.

"아, 아니. 나는 저기, 그게 아니라…."

당황한 제임스의 부인하는 말에 하루나가 도끼눈을 뜨고 그를 째려봤다.

"뭐가 아니라는 거예요 지금!"

"아니, 내 말은 그게 아니라… 으윽."

이러지도 저러지도 못한 채 원망스런 눈초리로 베네피쿠스를 쳐다보는 제임스였지만, 어차피 그는 이런 일에 아무런 감정을 느끼지 못하는 뱀파이어였다.

"좋을 때로구만 허허허허."

돌아가는 모습을 잠자코 지켜보고 있던 장 루이가 기분 좋은 웃음을 터트렸다.

"그러게요? 언니 축하드려요."

성희가 하루나를 향해 환하게 웃으며 인사를 건넸다.

이거 졸지에 여러 사람 앞에서 연인으로 공인 받은 것 같이 되어버렸다.

조금 전 제임스가 보여줬던 진심어린 애정 표현에 과연 기뻐하지 않을 여자가 어디 있을까?

세상의 운명을 건 싸움을 앞둔 상황속에서도 이렇듯 사랑의 꽃은 변함없이 활짝 만개했다.

흐뭇한 표정으로 어색해 하는 두 사람의 모습을 지켜보던 성희가 고개를 들어 시시각각 변화하는 미궁의 하늘을 바라보았다.

'오빠는 뭐하고 있을까?'

자신도 모르게 유건의 모습을 떠올린 성희가 화들짝 놀라 고개를 푹 숙였다.

아무래도 피어오르기 시작한 꽃은 한 송이뿐만이 아닌 듯 했다.

• ▼ •

요새 내부에 존재하는 지휘 본부.

그 안에 마련된 거대한 수련장에 홀로 앉아 있던 유건의 몸에서 검은 기운이 연기처럼 피어올랐다.

눈을 감은 채 얼마 전 있었던 싸움을 떠올린 유건이 그 가운데 경험했던 다양한 마법들과 그 안에 존

재하던 다양하고도 복잡한 마력의 흐름들을 되새겼
다.

마치 비디오를 느리게 재생하는 것처럼 순식간에
변화하던 그 기운의 흐름들이 천천히 재구성됐다.

그리고 유건은 그 가운데서 숨 쉬듯 자연스럽게
수많은 세월동안 축적되고 개량된 마도의 유산을
자신의 것으로 만들어갔다.

그와 대적했던 태초의 마녀 릴리스가 이 사실을
알았다면 경악했을 일을 유건은 아무렇지 않은 얼
굴로 태연스럽게 진행했다.

이름 모를 마도사가 평생을 걸쳐 이룩했던 마력
흐름을 부드럽게 해주는 비결이 유건에게 흡수됐다.

또 다른 이가 심혈을 기울여 완성한 빙결 마법의
정수가 그대로 유건에게로 전수되었다.

그에게 있어서 릴리스와의 대전은 마치 마법에
대해 자세히 풀어 설명한 가이드와도 같았다.

조금씩 더듬어가다 보면 어느새 그 놀라운 비의
가 그의 것이 되어 있었다.

그 환상적인 지적 향연으로 인해 유건은 시간이
가는 줄도 모른 채 황홀경에 빠져들었다.

이렇게 터득한 마도의 비의들은 종국에 가서는
유건이 지닌 혼돈의 힘을 보다 효과적으로 잘 활용

할 수 있는 길을 제시해주었다.

산의 정상에 오르는 길이 하나가 아니듯이, 유건은 마도 세계의 유산을 통해 자신이 자각한 힘을 제대로 활용할 수 있는 길을 스스로 개척하게 된 것이었다.

'아직 모자라, 좀 더… 좀 더….'

사람마다 목표로 하고 있는 것들이 다르기에 같은 것을 얻었다 하더라도 각기 느끼는 충족감이 다른 법이었다.

하물며 유건이 목표로 세운 것은 바로 더 블랙의 강대한 존재감이었다.

이런 끝이 보이지 않을 만큼 높은 곳에 위치한 목표를 향해 결코 만족하지 않은 채 끊임없이 스스로를 채찍질 하는 유건은 자신도 모르는 사이 또 다른 경지에 발을 내디디고 있었다.

그를 중심으로 회오리치기 시작한 거대한 기운이 점차 커지는가 싶더니 이내 지휘 본부 전체를 뒤흔들었다.

때 아닌 대피 소동이 벌어졌다.

지휘부 내에 존재하고 있던 모든 요원들이 밖으로 나와 이제는 지휘 본부를 삼킬 듯이 커져버린 검은 소용돌이를 멍하니 바라보고 서있었다.

"꿀꺽, 저, 저게 대체 뭐죠?"

지난 번 격전으로 인해 밀리언과 무척이나 친해진 강찬이 잔뜩 긴장한 얼굴로 물었다.

"내가 묻고 싶은 말이다."

혹여나 적이 쳐들어온 건 아닌지 노심초사 하고 있던 이들은 그들과 마찬가지로 팔짱을 끼고 서서 의문의 현상을 바라보고 있는 가드 마스터의 여유로운 표정을 보며 비로소 안심할 수 있었다.

'그렇게 한 걸음 한 걸음 앞으로 나아가는 겁니다. 유건. 그가 의도적으로 부여한 기회들을 충분히 이용하세요.'

아나지톤은 더 블랙이 의도적으로 유건의 실력을 끌어올리고 있다는 것을 잘 알고 있는 유일한 존재였다.

드래곤의 유희.

이에 대해 그보다 더 잘 이해하고 있는 이가 과연 누가 있을까?

그는 블랙 드래곤인 바하무트가 이번 유희를 제대로 즐기기 위해 유건이라는 대적을 일부러 키우고 있다는 사실에 주목했다.

상대의 예상을 훨씬 뛰어넘을 만큼 성장한다!

그는 유건이라면 충분히 그럴 수 있다고 믿었다.

그가 자각한 혼돈의 힘은 그 자신조차 그 끝을 알
수 없을 만큼 강대한 세상을 구성하는 근원적인 힘
이었다.

물론 더 블랙 그자가 이러한 사실을 모르고 있을
리는 만무했다.

'그만큼 자신이 있다는 말이겠지.'

혹자들은 드래곤이 오만하다고 손가락질 하며 욕
하지만, 그들은 오만한 것이 아니라 그들 자신이 지
닌 힘의 본질을 정확하게 이해하고 사용할 줄 아는
현명한 존재들이었다.

비록 인간들과 같은 필멸의 삶을 살고는 있지만,
그래도 인간들 보다는 더 많은 시간을 허락받은 그
였기에 어렴풋이 이해할 수 있는 사실이었다.

그 강대한 힘을 자각한 드래곤 조차 쉽사리 엿볼
수 없는 세상의 근원.

인간으로 태어나 말도 안 되는 재능과 노력으로
그 근원의 자락을 붙잡았던 사내.

유건이라는 대적자를 만들어낸 친우 백차승 박사
가 던진 승부수를 믿는다.

현재 그가 할 수 있는 노력은 유건이라는 존재가
최대한 성장 할 수 있도록 돕는 것이었다.

자신에게 허락된 시간이 얼마 남지 않았다.

이는 마지막 때가 다가오고 있다는 반증이기도
했다. 다행히 유건의 성장 속도가 자신의 예상을 훨
씬 상회하고 있었다.

'이대로만 간다면….'

소란스러운 주변과 달리 자신만의 생각에 빠져
있는 아나지톤이 점차 안정화되며 그 크기가 줄어
들기 시작한 검붉은 소용돌이를 바라보며 눈을 번
뜩였다.

· ❖ ·

쿠콰콰콰!

한반도 최북단에 설치된 장벽 위에서 떨어져 내
린 지환이 이능을 발현시키자 거대한 얼음의 장벽
이 후퇴하던 몬스터들의 후방을 막아섰다.

"지금이다! 모든 화력을 총 동원해서 놈들을 쓸어
버려라!"

거대한 두께의 얼음 장벽에 가로막혀 오도 가도
못한 채 방황하고 있던 몬스터들의 머리 위로 각종
무기들과 이능들이 비 오듯이 쏟아져 내렸다.

"쿠오오오오!"

놈들을 지휘하던 영웅 오크 워리어 하나가 분하

다는 듯이 거대한 포효를 터트렸다.

주변에 있는 아군들의 힘을 일시적으로 배가 시켜주는 힘이 담겨있는 외침이었다.

그런 그를 중심으로 뭉친 녀석들이 얼음 장벽의 한쪽에 몰려들어 결국 작은 구멍을 뚫어내는데 성공했다.

"허! 저놈들이!"

팔짱을 낀 채 여유로운 표정으로 전장을 내려다보고 있던 지환이 미간을 찌푸린 채 전장으로 떨어져 내렸다.

지원요청을 받은 그가 유건 일행에서 떨어져 나와 이곳에 도착한 지도 꽤 오랜 시간이 흘렀다.

그간의 경험으로 인해 일취월장한 그의 이능 덕분에 하루도 쉬지 않고 몰아닥치는 몬스터들의 공격을 그나마 효과적으로 막아낼 수 있었다.

한 곳에 오랫동안 퍼부어진 마력으로 인해 혹한의 기후로 변해버린 이 일대에서는 그가 지닌 이능의 효력이 배가 되었기 때문이었다.

송곳과 같은 진형을 이룬 뒤 얼음 장벽의 곳곳에 생겨난 구멍을 향해 달려든 녀석들이 끝내 포위망을 뚫고 도망치는데 성공했다.

전과 달리 엄청난 피해를 입기는 했지만, 지휘관

격인 몬스터들을 얼마 잡지 못했다는 게 아쉬웠다.

아무리 지환의 능력이 뛰어나다 하더라도 한 손으로 열 손을 막을 수는 없는 법이었다.

"쳇, 약아 빠진 놈들."

이번 작전을 위해 일부러 한동안 벌어진 전투에 모습을 드러내지 않았던 지환이었다.

이번만큼은 그 녀석을 잡을 수 있으리라 여겼건만, 결국 놓치고 말았다.

분해하는 지환을 향해 다가온 박창선 육군 소장이 그의 어깨를 다독이며 말했다.

"그래도 근래 들어 이만한 성과를 얻은 적은 없었다네, 허허허허"

그의 말처럼 전투를 끝낸 병사들과 요원들의 표정이 무척 환했다.

끝이 보이지 않을 만큼 널브러져 있는 적들의 사체를 수거하면 좀 더 질 좋은 마력탄들을 정제 할 수 있게 되고, 그렇게 된다면 동료를 허무하게 잃는 일들이 평소보다 더 줄어들게 된다는 것을 잘 알고 있었기 때문이었다.

저번에 벌어진 작전으로 인해 몬스터가 더 이상 유입되는 일은 없었지만, 이미 이곳으로 넘어온 녀석들의 숫자가 만만치 않을 뿐더러 인간과 비교조차 할 수 없을 만한 번식 속도로 인해 그 수가 쉽게 줄어들 기미를 보이지 않았다.

게다가 미궁 안으로 대부분의 실력자들이 대거 유입되고 난 뒤부터는 절대적인 전력 부족으로 인해 대부분의 군인들이 꽤나 무리를 하고 있는 형편이었다.

그나마 최근에 조금씩 투입되기 시작한 리얼 포스 프로젝트의 결과 탄생한 강화 군인들 덕분에 전열이 무너질 거라는 불안감을 조금이나마 해소할 수 있게 되었다.

그만큼 몬스터라는 종족 자체가 지니는 저력은 무시하지 못할 정도였다.

드넓은 중국 대륙을 근거지로 삼아 숫자를 불려가는 녀석들의 번식속도는 인간이 도저히 따라가기 힘든, 종의 한계로 인해 발생하는 절대적인 격차였다.

'이대로 가다보면 더 블랙 그자가 아니어도 인류는 멸망하게 될 지도 모르겠어.'

누적된 과로로 인해 붉게 충혈된 눈으로 장비를 점검하고 있는 수하들의 모습을 살펴본 박창선 육군 소장이 천천히 고개를 내저었다.

그가 이기든, 아니면 우리 쪽이 이기든지 간에 빨리 결판을 내야할 시점이 점차 다가오고 있었다.

그렇지 않아도 여러 국가들 중심으로 핵무기 사용에 대한 언급들이 잦아지고 있는 상태였다.

이에 대한 사람들의 본능적인 거부감으로 인해 결국 승인 되지는 못하고 다음으로 넘어가긴 했지만, 이대로 가다가는 언제 핵을 터트려 자멸하게 될지 몰랐다. 공포에 질린 인간은 어떤 짓을 저지를지 모르는 법이었기에.

'좀 더 힘을 내주게나.'

지환으로부터 일전에 대면했던 유건이라는 청년이 더 블랙 그자의 대적자로 성장했다는 이야기를 전해들은 박창선 육군 소장이 속으로 조용히 그를 응원했다.

　　　　　·　·　·

얼마나 시간이 흘렀을까?

지휘 본부 전체를 에워쌀 만큼 거대해졌던 소용돌이가 점차 작아지는가 싶더니 유건의 들숨을 따라 그의 몸속으로 자취를 감췄다.

번쩍!

유건의 눈에서 눈부신 광채가 나타났다가 순식간에 사라졌다.

194 절음자5

"후우~"

숨을 가다듬은 유건은 자신의 눈에 비친 세상이 이전과 확연하게 달라졌다는 것을 느꼈다.

'뛰어넘었다.'

어렴풋이 보이던 다음 단계를 향해 가는 길목을 가로막고 있던 벽을 뛰어넘었다는 것을 깨달았다.

대기 중에 떠다니는 마력의 흐름이 손에 잡힐 듯 선명하게 느껴졌다.

지휘 본부 밖에 서서 웅성거리고 있는 수많은 이들의 기운들이 여과 없이 전해졌다.

그 가운데 섞여있는 이질적인 기운들을 감지한 유건이 피식 웃었다.

얼마 전 대면했던 릴리스, 그녀에게서 느꼈던 그것과 유사한 기운들이었다.

'이곳에도 인형들을 심어 놓았었나?'

눈을 감고 기감을 넓히자 이내 요새 전역이 그의 감각에 들어왔다.

'하나, 둘, 허! 이렇게 많이?'

그의 감각에 걸리는 인형들의 숫자가 양손으로 세기 힘들 정도로 많았다.

자리에서 일어선 유건이 창을 열고 밖으로 떨어져 내렸다.

이전의 그것과 형태가 판이하게 달라진 두 개의 날개가 그의 등 뒤에서 활짝 펼쳐졌다.

"저, 저기!"

위에서 천천히 내려오는 유건을 발견한 요원 하나가 소리쳤다.

그의 외침과 동시에 수많은 사람들의 시선이 유건에게 향했다.

"어서 와요 유건. 먼저, 축하한다는 인사부터 건네야겠죠?"

유건이 그에게로 고개를 돌렸다.

자신에게 인사를 건네는 아나지톤의 진정한 능력이 유건의 눈에 훤하게 드러나 보였다.

지금까지는 막연히 짐작하기만 했던 그것이 이제는 분명하게 드러났다.

'역시 이자는….'

세계수와 쉬지 않고 공명하는 거대한 기운이 그의 몸 내부에서 꿈틀대고 있었다.

지금의 자신과 비교해보아도 결코 뒤지지 않을 만큼 강대한 에너지였다. 물론 엄밀히 따지자면 세계수의 힘을 이용하고 있기 때문에 가능한 것이긴 했지만, 어차피 그것도 이 자의 능력.

천천히 고개를 끄덕인 유건이 손을 내밀어 아나

지톤의 손을 마주잡았다.

"감사합니다. 그보다 먼저 청소를 좀 해야 할 것 같네요."

"응? 청소요? 그런 건 굳이 유건씨가 하지 않아도….'

아나지톤이 대꾸하는 사이 가만히 눈을 감고 서 있던 유건이 거대한 두 개의 날개를 활짝 폈다.

그 날개에서 떨어져 나온 혼돈의 칼날들이 그가 지목한 대상을 향해 요리조리 움직이며 빠른 속도로 날아갔다.

"어? 어~ 어! 이, 이게 뭐야! 으아악!"

수많은 군중들 속에 섞여 있던 불특정 다수의 사람들이 그의 공격에 그대로 절명했다.

"이, 이게 무슨!"

아군을 공격하는 유건의 갑작스런 행동에 놀란 밀리언과 그를 위시한 일급 요원들이 급히 경계 태세를 갖추고 그를 포위했다.

자신과 유건을 둘러싼 이들을 둘러본 아나지톤이 설명을 요하는 눈빛을 보내왔다.

"인형들입니다. 그녀가 은밀하게 심어놓은 모양이네요."

아니나 다를까 쓰러진 이들의 모습이 잠시 후 몬

스터의 그것과 동일하게 변했다.

"헛! 여, 여기 좀 봐!"

평소 알고 지내던 동료의 죽음과 급격한 변화에 여기저기서 경악 섞인 외침들이 터져 나왔다.

유건의 말을 통해 전후 상황을 이해한 밀리언이 재빨리 명령을 하달했다.

"1조와 2조는 지금 즉시 쓰러진 이들의 신형을 확보하고, 3조와 4조는 주변의 혼란을 수습해라. 나머지는 혹시 모를 적의 움직임을 경계하도록! 움직여!"

그의 명령이 끝나기 무섭게 유건과 아나지톤을 에워싸고 있던 이들이 빠르게 흩어졌다.

애인의 죽음에 정신을 놓고 마구 울부짖고 있던 여인을 겨우 떼어낸 일급 요원들이 몬스터로 변한 사체들을 회수했다.

이를 시작으로 곳곳에 쓰러져 있던 사체들이 하나 둘 지휘 본부 안으로 회수 됐다.

그 와중에 한 구를 은밀히 빼돌리려던 요원의 귓가에 유건의 목소리가 마치 속삭이는 것처럼 들려왔다.

"이번에는 용납하지 않겠습니다."

"헉!"

화들짝 놀란 그가 고개를 들자 저 멀리 서있는 유건과 시선이 마주쳤다.

마치 모든 것을 다 알고 있다는 듯 자신을 주시하는 그의 눈빛에 시체를 운반하던 그의 몸이 덜덜 떨리기 시작했다.

힘이 풀린 다리를 겨우 움직여 이를 원래의 목적지로 운반하던 그의 머릿속으로 각종 생각들이 꼬리에 꼬리를 물고 이어졌다.

'뭐지? 대체 언제부터 알고 있었던 거지? 이러고 있을 게 아니라 어서 보고를 해야.'

그로서도 계속해서 자신의 정체를 숨길 수 있을 거라는 생각은 하지 않았다.

하지만 조금 전 그의 눈빛은 마치 처음부터 모든 것을 알고 있다는 듯 무심하기 그지없었다.

자신과 함께 시체를 옮기던 동료와 눈빛을 교환한 그가 은밀하게 몸을 빼냈다.

갑작스런 유건의 공격과 드러난 몬스터의 사체.

동료라고 여겨왔던 이들의 처참한 죽음과 그들의 정체가 몬스터였다는 사실이 밝혀지고 나자 지휘 본부 전체가 조금 전과 비교할 수 없을 만큼 혼란스러워졌다.

그 가운데 모든 사태를 가만히 주시하고 있던 아

나지톤이 가볍게 미소 지은 채 유건에게 말했다.

"굳이 지금 제거할 필요는 없었는데 말이죠."

"알고 계셨습니까?"

"잊으셨나요? 이곳은 세계수로 인해 만들어진 공간이라는 걸."

"아하."

하긴 자신이 파악한 사실을 그가 모르고 있다는 것 자체가 말이 되지 않는 일이었다.

"그럼 여기 말고 다른 곳에 퍼져 있는 이들은 어찌하는 게 좋겠습니까?"

"뭐, 이왕 이렇게 된 거 유건씨가 원하시는 대로 하셔도 무방합니다."

"그럼, 잠시 다녀오도록 하죠."

곧이어 하늘 위로 날아오른 유건이 날개를 활짝 펴고 감지해낸 기운들을 향하여 혼돈의 칼날들을 날려 보냈다.

곧이어 요새 전역에서 작은 혼란이 벌어졌다.

바닥으로 내려선 유건과 함께 지휘 본부 안으로 들어선 아나지톤이 그의 사무실에 도착하자마자 유건에게 물었다.

"어때요? 더 블랙과 지금의 유건이 겨룬다면?"

"아직 부족합니다. 만약 아나지톤 당신이 돕는다

면 그 결과가 달라지겠지만."

아나지톤이 의미심장한 유건의 시선을 정면으로 받아내며 예의 그 부드러운 미소를 지었다.

"저는 곧 이곳을 떠나야 합니다. 그것이 저와 더 블랙, 아니죠. 중간계의 조율자인 블랙 드래곤 바하무트와 맺은 언약입니다. 간단하게 요약하자면 '최선을 다해서 이곳의 인간들을 돕되 직접적인 개입은 불허한다.' 뭐 이 정도의 내용을 담은 언약이었죠. 그나마 그것도 숲의 일족으로서 오랜 세월을 살아온 하이 엘프인 저에 대한 그의 배려가 있었기에 가능한 것이었습니다."

'역시 안 되는 건가?'

일전에 들어서 익히 잘 알고 있는 내용이었지만, 다시 한 번 그의 입을 통해 불가능하다는 사실을 재확인 한 유건은 아쉬움에 입맛을 다셨다.

처음으로 아나지톤 그가 지닌 힘의 본질을 엿본 후였다.

그가 함께 한다면 지금 당장이라도 그자와 결판을 낼 수도 있을 것 같았기에 그 아쉬움은 더욱 컸다.

그러나 아쉽다고 해서 매달릴 이유는 없었다.

어차피 그 또한 이계의 존재.

아무런 상관도 없는 이들을 위해 여러 가지로 도움을 주고 이만큼이나마 대적할 수 있도록 이끌어준 것만으로도 충분히 감사해야 했다.

"그렇군요, 제가 너무 많은 것을 바랬나봅니다. 이해하세요. 본래 인간이란 한없이 이기적인 존재니까요."

"아닙니다. 충분히 이해합니다. 만약 저희 일족의 운명이 걸린 문제라면 저는 더한 일도 했을 테니까요."

역시 그는… 미워할 수가 없다.

모든 인간이 아나지톤과 같았다면 지금의 세상은 훨씬 더 살만했을 거라는 생각이 들었다.

'쓸데없는 생각.'

한 단계 성장하고 나니 이전과 달리 더 블랙 그자가 지닌 힘이 더욱 크게 다가왔다.

'어찌해야 한다….'

유건의 고민을 잘 알고 있다는 듯 아나지톤이 입을 열었다.

"일전에 말씀드리지 않았습니까? 동료들을 좀 더 믿어보라고요. 제가 느낀 인류의 잠재력은 정말이지 엄청났습니다. 분명 놀라운 일들을 만들어 낼 겁니다. 저도 유건씨 아버님이 입버릇처럼 하던 이 말에 늘 웃기만 할 뿐 동의하진 않았었죠. 하지만, 이렇게 유건씨라는 존재를 눈앞에서 보이 있는 지금. 저는 저의 친우이기도 했던 그의 말을 믿습니다."

인류 전체의 가능성을 오히려 다른 세계에서 건너온 다른 존재가 믿는다 말하고 있었다.

그것도 한 치도 흔들림 없는 곧은 눈으로.

그의 말에 유건이 피식 웃음을 터트렸다. 비웃음이 아닌 이 아이러니 한 상황으로 인한 웃음이었다.

"그렇다면, 저도 믿어보도록 하겠습니다. 그 인류의 잠재력이라는 것을 말이죠."

· ❖ ·

어느 정도 혼란이 가라앉을 때 즈음.

정찰을 나섰던 일행들이 요새 내로 복귀했다. 그제야 일행들은 큰 문제가 발생했음을 깨달을 수 있었다.

"안 돼, 그 어느 곳에서도 그들의 존재감이 느껴지지 않아."

하루나가 자신과 연결되었던 정신의 끈을 더듬어 올라가 연락이 끊긴 이들의 존재감을 찾아보았지만 마치 중간에 툭 끊어지기라도 한 것처럼 아무것도 느껴지지 않았다.

"설마, 위험한 상황에 처해 있는 건 아니겠죠?"

성희가 울먹이는 목소리로 말했다.

"그렇지는 않을 거야. 철환이 녀석도 있고, 거기다 볼코프, 그도 보통은 넘으니까. 마틴과 캐빈이 얼마만큼의 실력을 감추고 있는지는 모르겠지만 그리 쉽게 당하지는 않을 거다. 그러니 너무 걱정하지 마."

그녀를 안심시키려는 제임스의 얼굴 표정도 그리 밝아 보이지 않았다.

그의 말대로 셋으로 나눈 전력들 중 가장 강하다고 할 수 있는 것이 바로 철환이 속해있던 조였다.

실력뿐만 아니라 각종 경험이 풍부한 그였기에 만일의 경우 충분히 몸을 빼낼 수 있을 거라고 믿었기 때문에 가장 중요한 곳을 정찰하는 임무를 맡겼던 것이기도 했다.

"제가 한번 찾아보죠."

하루나에 이어 유건이 눈을 감고 기감을 확장해 그들의 존재감을 찾아나갔다.

일행들이 간절한 염원을 담은 표정으로 조용히 유건의 모습을 바라보았다.

아무리 그라고 할지라도 릴리스의 권능을 통해 구현된 미궁 내부를 마음대로 훑고 다닐 수는 없었다.

눈을 감고 있는 유건의 미간이 찌푸려졌다.

"안 돼, 방해하는 것들이 너무 많아서 제대로 기척을 느낄 수가 없어요."

그에게 일말의 기대를 걸었던 이들의 입에서 한숨이 새어나왔다.

그때 성희가 자리에서 벌떡 일어나 큰소리로 외쳤다.

"구하러 가죠!"

모두의 마음을 대변하는 성희의 당찬 말에 일행들의 시선이 아나지톤과 유건에게로 모였다.

은연중에 일행의 리더가 유건임을 인정한 것이었다. 사실상 힘의 격차가 지나치게 벌어지고 난 뒤부터는 그가 무리의 중심을 이루고 있었다.

아나지톤이 결정권을 유건에게 넘긴다는 듯 그를 바라보며 물었다.

"어떻게 할까요? 유건씨?"

잠시 고민하던 유건이 일행들의 눈을 하나하나 마주 치다가 마지막으로 간절하게 자신을 바라보고 있는 성희에게서 머물렀다.

"가야죠, 그들에게 도움이 필요하다면 그 어디라도."

그의 말에 긴장한 채로 그의 말을 기다리고 있던 이들의 표정이 환해졌다.

"자! 갈 때 가더라도 준비는 확실히 하고 가야겠죠? 일단은 적의 심장부로 향하는 거니까요. 그 준비는 제가 할테니까 여러분들은…."

말을 늘이던 아나지톤이 가볍게 웃으며 말했다.

"쉬세요!"

"에?"

"네?"

뭔가 중요한 임무가 떨어질 줄 알고 집중하고 있던 이들의 입에서 멍한 대답이 흘러나왔다.

"쉬는 것도 중요한 일이랍니다. 모두들 어서 각자 방으로 가서 쉬세요. 구하러 가는 사람들이 더 피곤해 보여서야 되겠습니까?"

그제야 서로의 모습을 둘러본 일행들이 어색한 표정으로 고개를 끄덕였다.

유건과 아나지톤을 제외한 나머지 일행들의 모습은 오랫동안 집나갔다가 돌아온 거지꼴을 하고 있었기 때문이었다.

분분히 자리에서 일어선 이들이 각자 배정된 숙

206 절음자 5

소를 향해 걸음을 옮겼다.

오랜만에 따뜻한 물로 씻을 수 있다는 생각에 기분이 좋아진 성희가 하루나의 뒤를 종종걸음으로 따라가다가 느껴지는 시선에 고개를 돌렸다.

"아! 오빠!"

그녀의 뒤에는 흐뭇한 표정으로 자신을 바라보고 있는 유건이 서있었다.

"우선 좀 씻고 쉬다가 나와. 이따가 저녁에 보자."

"응, 헤헤~ 나 좀 많이 지저분해서 빨리 씻어야겠어. 그럼 이따가 봐~!"

혀를 살짝 내밀며 부끄러운 듯 웃던 그녀가 서둘러 방으로 돌아갔다.

'많이 성장했구나.'

현재 일행들 중 가장 큰 힘을 지니고 있는 것이 바로 성희였다.

처음 그녀를 대면하고 그녀가 지니고 있는 그 엄청난 힘에 얼마나 놀랐던가?

이전과 비할 수 없을 정도로 강력한 힘이 그녀를 중심으로 소용돌이 치고 있었다.

지금의 자신이라 할지라도 쉽게 승부를 장담할 수 없을 만큼 강대한 기운이었다.

그제야 동료를 좀 더 믿어보라는 아나지톤의 말이 피부로 와 닿기 시작했다.

왠지 모르게 어깨가 조금은 가벼워진 기분이었다.

자신의 숙소로 돌아가는 유건의 입가에 가는 미소가 걸려있었다.

⋅ ⁕ ⋅

따뜻한 물을 가득 담은 욕조에 몸을 담그고 고개만 빼꼼 내민 성희가 조금 전 유건의 모습을 떠올리며 헤실거렸다.

"헤헤~"

왠지 모르게 이전에 비해 한층 더 듬직해진 모습이었다. 그리고 은연중에 일행들 모두가 그에게 많은 부분을 의지하고 있다는 게 느껴져서 더 기분이 좋았다.

"모름지기 남자는 듬직해야지~! 암!"

과거 어린 시절 그녀를 맡아서 길러주시던 할머님께서 늘 입버릇처럼 하시던 말이었다.

유건을 떠올리며 바보같이 웃고 있던 그녀의 귓가에 하루나의 목소리가 들려왔다.

"성희야~ 등 밀어줄까?"

"예? 아, 아니요. 괜찮아요."

왠지 모를 부끄러움에 거절하던 성희의 말이 끝나기도 전에 벌거벗은 하루나가 욕실로 들어왔다.

"에?"

"뭘 그렇게 빤히 보니? 흐응~ 설마 너 그쪽 취향이었냐?"

"에엑~! 아, 아니에요! 그, 그게 무슨!"

"애는~! 장난 좀 친 것 같고 뭘 그렇게 정색을 하고 그러니?"

"끄응~"

말로는 도저히 그녀를 당해낼 수 없다는 사실을 다시 한 번 재확인 한 성희가 뾰로통한 얼굴로 욕조에 몸을 담갔다.

콧노래를 부르며 샤워를 하던 하루나가 갑자기 욕조 안으로 몸을 날렸다.

"꺄아~!"

"깔깔깔깔~ 어디 우리 성희 얼마나 자랐나 좀 확인해 볼까?"

제법 넓은 욕조에 가득 찬 물이 출렁 거리며 밖으로 흘러 넘쳤다.

"꺄악! 하, 항복! 언니~! 항복이라고욧! 악~! 어딜 만져요~! 흐아앙!"

"호오~ 요즘 애들은 발육이 참 빠른 말이야. 제
법인 걸? 유건이 무척 좋아하겠어."

"거, 거기서 유건 오빠가 왜 나와요?!"

"얘는 왜 내숭이래? 요즘 고등학생들은 알거 다
안다던데, 자꾸 순진한 척 할래? 요래도? 앙?"

그녀의 몸 구석구석을 누비는 하루나의 손짓에
결국 성희가 항복을 외치고 말았다.

"히잉~ 진짜 너무해!"

"뭐야? 너 설마 진짜 남자 경험이 없는 거야?"

울기 직전인 성희의 모습에 놀란 하루나가 의외
라는 듯 물었다.

"나 아직 남자랑 뽀뽀도 못해봤다구욧!"

빽~하고 소리 지르는 그녀를 향해 하루나가 입맛
을 다시며 사과했다.

"설마 그 정도 일 줄은 몰랐지~ 미, 미안해."

"히잉~ 몰라욧. 이게 뭐야~"

"야! 요즘엔 그렇게 순진해 빠진 여자들을 남자들
이 별로 안 좋아 한다고."

"에?"

"그래~ 순결 따위는 구시대의 유물이라는 거 몰
라? 원래 위기 때일수록 종족 번식의 본능이 더 발

적
응
자5

달하는 법이야."

그녀의 말대로 각국에서는 빠른 속도로 줄어드는 인구문제 때문에 각종 혜택을 부여하며 출산을 장려하고 있는 중이었다.

"그, 그래도…."

"그래도 뭐?"

"첫 경험은… 사랑하는 사람하고 하고 싶다고요…."

기어들어가는 목소리로 자신의 의견을 말하는 성희의 모습을 물끄러미 바라보던 하루나가 크게 웃으며 그녀를 끌어안았다.

"꺄아~ 귀여워! 푸하하하하, 유건이 알면 아주 감동해서 눈물을 줄줄 흘리겠다 야. 푸하하하, 얘 진짜 천연기념물일세."

"쳇, 마음대로 생각하라고요."

샐쭉해진 표정으로 고개를 팩~ 돌리는 성희를 향해 하루나가 은근한 목소리로 물었다.

"그렇게 좋냐?"

"네?"

"그렇게 좋냐고. 유건이 말야."

"그, 그게…."

"하긴, 뭐 남자가 그 정도 실력은 갖춰야 믿고 의

지할 수 있겠지. 요즘 같은 시대에. 이참에 나도 확
한번 대쉬 해봐?"

"어, 언니?!"

놀란 토끼처럼 눈이 휘둥그레진 성희의 모습에
다시금 웃음을 터트린 하루나가 그녀의 볼을 잡아
당기며 말했다.

"이그~! 요 순진한 녀석! 걱정 마라 네가 찜한 건
안 넘볼테니까."

"찌, 찜하다뇨."

"그럼 침 발라놨다고 말해주랴?"

"에엑?"

"뭐야? 설마 그 정도 진도도 안 나간거야?"

"사실은 오빠가 절 좋아하는 지도 잘 모르겠
고…."

"에휴~! 이 바보야. 그걸 꼭 말해야 아냐? 시종
일관 사랑스러워 죽겠다는 눈으로 널 보고 있구만.
그걸 모르는 건 아마도 이 건물 안에 너밖에 없을
거다."

"그래요?"

놀란 눈으로 자신을 쳐다보는 성희를 향해 하루
나가 짓궂은 표정을 한 채 말했다.

"그러니까 이따가 만나면 말이지…."

그녀의 말이 이어질수록 얼굴이 붉어진 성희가 자기도 모르게 천천히 고개를 끄덕였다.

'에휴~ 괜히 언니가 한 말 때문에 오빠 얼굴을 제대로 못 쳐다보겠잖아.'

저녁 식사가 끝난 뒤 삼삼오오 모여서 자유롭게 흩어진 일행들 가운데 자연스럽게 빠져나온 두 사람이 옥상으로 올라왔다.

유건이 건네준 따뜻한 음료를 손에 들고 홀짝거리며 그의 모습을 흘끔거리던 성희가 붉어진 얼굴로 연신 손사래를 쳤다.

"많이 성장했더라?"

그런 그녀에게 유건이 부드러운 음성으로 말을 걸었다.

여전히 눈은 보랏빛을 발하고 있는 미궁의 하늘을 바라보고 있는 채였다.

"고, 고마워요."

당신을 지키고 싶어서, 곁에서 어깨를 맞추고 서 있고 싶어서 그랬노라고 말하고 싶었지만 목구멍까지 치밀어 오른 말을 차마 꺼내지 못했다.

"덕분에 마음이 많이 편해졌어, 고맙다."

유건의 말에 온갖 생각들로 어지럽던 그녀의 머

리가 순식간에 비워졌다.

그제야 인류의 구원자라는 무거운 짐에 버거워하고 있는 청년 유건의 모습이 눈에 들어왔다.

안아주고 싶다. 위로해주고 싶다. 그의 어려움을 조금이나마 덜어주고 싶었다.

"오빠…."

자기도 모르게 손을 뻗어 유건의 머리를 감싸 안은 성희가 부드럽게 그의 머리를 쓸어내렸다.

그녀의 포근한 품에 고개를 묻은 유건의 얼굴이 부드럽게 풀어졌다.

혼돈의 기운으로 인해. 그리고 여전히 자신을 짓누르고 있는 강대한 적의 존재감으로 인해.

한시도 편한 적 없었던 그의 마음에 평안이 찾아왔다.

성희의 의지를 담은 이전과 비할 수 없을 만큼 뛰어난 보호막이 그런 두 사람을 감싸 안았다.

그 단절된 공간 안에서는 인류의 구원자라는 부담도, 대적자의 존재감도 전혀 느껴지지 않았다.

유건이 고개를 들자 성희가 그런 그의 눈을 내려다보았다.

누가 먼저랄 것도 없이 서로의 입술이 맞닿았다.

따뜻한 입맞춤을 통해 흘러들어간 성희의 기운이

유건의 영혼을 부드럽게 감싸 안았다.

유건은 이곳에 들어온 이후 처음으로 아무런 걱정 없이 편히 쉴 수 있었다.

서로의 입술을 찾아가는 움직임이 점차 격렬해졌다.

"아아~!"

성희의 입에서 달뜬 목소리가 새어나왔다.

유건의 손이 부드럽게 그녀의 몸을 쓸어내렸다.

가녀린 새처럼 파르르 떠는 그녀의 몸을 유건이 부드럽게 끌어 안았다.

"오, 오빠."

굳이 말하지 않아도 알 수 있었다. 서로가 서로를 간절히 원하고 있다는 사실을.

성희가 만들어낸 보호막을 유건의 날개가 부드럽게 감싸 안았다.

아무도 다가 설 수 없는 둘만의 공간에서 서로를 원하는 손길들이 뜨겁게 얽혀 들어갔다.

그 순간 둘은 진정으로 하나가 되었다.

그리고 마치 기적처럼 두 기운이 서로의 몸을 넘나들며 서로 뒤섞여가기 시작했다.

혼돈에는 질서를, 단절에는 무한한 가능성을 부여했다.

과거 세상의 근원에 맞닿았던 유건의 아버지인
백차승 박사가 예견했고, 아나지톤이 믿어왔던 그
놀라운 기적이 이 순간 두 사람을 통해 이 땅에 현
현(顯現)했다.

#20. 진격(進擊)

NEO MODERN FANTASY STORY

적응자

#20. 진격(進擊)

그간 미궁 내에서 벌어지는 일들에 별다른 관여를 하지 않던 아나지톤이 각 기관을 대표하는 이들을 한자리에 불러 모았다.

자신들이 벌여 놓은 갖가지 일들을 모를 리가 없었을 텐데도 계속해서 침묵을 지키고 있는 그로 인해 마음 한 구석이 계속해서 찜찜했던 터였다.

그러던 차에 그에게서 연락이 오자 올 것이 왔다는 생각을 한 그들은 각자 다른 생각을 속에 품은 채 커다란 회의장으로 하나 둘 씩 모습을 드러냈다.

가드 대한민국 지부를 대표해서 회의실 안으로 들어선 박태민이 자리에 앉자마자 맞은편에 있는

의외의 인물을 발견하고는 짐짓 아무렇지도 않은
듯 태연한 표정으로 주변을 둘러보았다.

그러면서도 연신 그를 흘깃 거렸다.

'저자가 대체 여긴 언제?'

강력한 각성자들을 대거 보유한 대한민국 가드
지부와 어깨를 나란히 하는 가드 유럽 연합의 총지
휘를 맡고 있는 짐 모리슨이 그의 부관으로 보이는
이와 이런 저런 이야기를 주고받고 있었다.

자신을 향한 시선을 느꼈는지 고개를 돌린 짐 모
리슨이 그제야 박태민을 발견하고 알은 채를 했다.

대한민국 지부장 자리를 위해 유럽 연합 지부를
총괄하는 자리를 내려놓았던 박태민의 선택 덕분에
그 자리에 앉게 된 짐 모리슨은 매번 만날 때마다
그에게 고맙다는 인사를 건네곤 했다.

그러나 당연히 대한민국 지부에 설립 될 거라 생
각했던 가드 총본부가 유럽에 설립되어버리는 바람
에 박태민과 짐 모리슨간의 힘의 역학관계가 단숨
에 역전되어버리고 말았다.

가드 마스터인 아나지톤이 공식석상에서 모습을
드러내지 않은 지 오래되면서부터 자연스럽게 그의
밑에서 자리를 차지한 이들의 권력 다툼이 치열하
게 전개됐다.

당연히 그들이 가장 먼저 손을 뻗은 것은 유럽 연합 내에 존재하는 수많은 이능력자들이었다. 그러면서 자연스럽게 그들을 대표하는 짐 모리슨이 순식간에 권력의 중추로 올라서게 되었다.

힘의 무게추가 유럽 연합 쪽으로 점차 기울기 시작하면서, 가드 마스터의 휘하에서 실제적인 권력을 휘두르고 있는 장로의 위치를 노리고 있던 박태민의 입지가 점차 좁아지기 시작했다.

게다가 새롭게 등장한 적응자인 백유건의 신병을 확보하는데 실패하면서부터 그나마 잡고 있었던 연줄들마저 모조리 끊어지고 말았다.

일발 역전의 기회를 잡기 위해 이곳 미궁 안으로 자진해서 들어온 그였기에 의외의 인물과의 만남이 결코 기분 좋을 수만은 없었다.

그런 그가 떨떠름한 표정으로 짐 모리슨의 인사를 받았다.

잠시 후 문이 열리며 모두가 기다리고 있던 아나지톤이 모습을 드러냈다.

그의 곁에는 이제는 아예 쳐다보기도 힘들만큼 높은 위치에 오른 유건이 서있었다.

그의 등장에 그렇지 않아도 기분이 좋지 않았던 박태민의 표정이 와락 구겨졌다.

자신을 향한 노골적인 적의를 감지한 유건이 그를 쳐다보았다.

예전이었으면 모를까 이제는 분노조차 생기지 않을 만큼 많은 격차가 벌어져있는 상대였다.

개미를 보고 분노를 느끼는 사람이 있을까?

유건은 그런 그를 향해 가벼운 웃음을 한번 날려주는 것으로 남은 앙금을 털어내 버렸다.

'이, 이 새끼가!'

그런 유건의 웃음을 자신을 향한 비웃음이라 생각한 박태민이 분노로 인해 몸을 떨어댔다.

그의 눈에 띄는 변화에 주변에 있던 이들의 시선이 그에게로 향했다.

"모두들 이렇게 한 자리에 모여 주셔서 진심으로 감사드립니다."

아니지톤의 말이 시작되자 모두의 관심이 그에게로 쏠렸다.

그곳에 있는 이들 중 어느 누구도 여전히 분노로 인해 흥분을 가라앉히지 못하고 있는 박태민에게 관심을 두지 않았다.

자신의 처지를 정확하게 보여주는 그 잔인한 현실이 그의 자존감을 갈기갈기 찢어발겼다.

'두, 두고 보자….'

그러거나 말거나 아나지톤의 말은 계속해서 이어졌다.

"다름 아니라 이번에 저희들이 그간 모아온 모든 전력을 동원해서 총공격을 감행하자는 제안을 드리려고 여러분들을 모신 겁니다."

그의 말이 끝나기 무섭게 분위기가 술렁거렸다.

뜬금없이 총공격이라니?

그의 파격적인 선언에 모두의 얼굴에 당황하는 빛이 떠올랐다.

그런 그들의 반응을 충분히 예상했다는 듯 그들의 모습을 지켜보고 있던 아나지톤이 점차 소란이 잦아들기 시작하자 다시금 말을 이었다.

"모두들 갑작스러운 제안에 당황하셨으리라 생각합니다만, 그럴만한 충분한 이유가 있습니다."

"그 이유가 대체 뭡니까? 이렇듯 갑작스럽게 통보하듯 말을 하시니 무척이나 당황스럽군요."

미국을 위시한 아메리카 대륙의 여러 나라들이 모여 만든 연합회의 대표격인 중년인이 말했다.

"거기에는 나름의 이유가 있습니다. 모두들 이곳에 처음 내딛으신 날 보았던 거대한 나무를 기억하실 겁니다."

그의 말에 모두의 고개가 천천히 끄덕여졌다.

그들이 이곳에 처음 이곳에 들어왔을 때 그 끝이 보이지 않을 만큼 거대하게 자라난 나무를 보고 얼마나 놀랐던가?

그 나무의 이름이 신화 속에서나 등장하는 유그라드실(세계수)이며 그 나무 덕분에 이곳 미궁에서도 자신들이 머물 수 있는 공간을 확보할 수 있다는 사실 또한 잘 알고 있었다.

게다가 알게 모르게 그 나무의 샘플을 얻어다가 갖가지 실험까지 진행하고 있었으니 여기에 모인 이들 중 여러 가지 의미로 그 나무를 모르는 이는 없었다.

"모두 잘 알고 계신 세계수의 수명이 곧 다하게 됩니다. 제 예상보다 조금 이르긴 하지만, 언젠가는 닥치게 될 일이었죠. 어차피 본체가 아니라 가지를 가져다가 심었던 거라 이 척박한 곳에서 그렇게 오래 살아남을 수는 없었습니다."

"아무리 그래도 이렇게 급작스럽게 통보를 하시면 어떻게 합니까?"

가드소속 단체가 아닌 대 몬스터 위원회(CMC, Counter-Monster Committee)소속의 대표자가 곤란한 표정을 한 채 물었다.

그들로서는 이곳에서 얻게 된 각종 몬스터들의

샘플들과 자료들을 통한 연구가 무척이나 유용했기 때문에 갑작스런 총공격의 제안에 난감한 표정을 감추지 못했다.

이에 공감하는 여러 단체의 대표들이 고개를 끄덕이며 그의 의견에 동조했다.

"아! 그 점은 무척이나 유감스럽게 생각합니다. 저도 조금 여유를 두고 이를 알려드리려고 했습니다만, 생각보다 시드는 속도가 빨라져서 여유가 없어졌네요. 여러분께서 너그럽게 이해해주시길 바랍니다."

"크흠….."

일부러 그런 게 아니라 상황이 급변했다는 그의 말에 이렇다 할 추궁거리를 찾지 못한 그가 헛기침을 하며 인상을 구겼다.

이는 자신의 재량을 벗어난 사안이었기에, 외부의 결정을 기다려야만 했다. 그러나 마치 이를 대비하기라도 한 것처럼 최근 미궁 외부와의 연락이 두절되었다.

그 원인이 세계수의 급격한 변화 때문이었다니, 대놓고 따질 수조차 없는 현 상황에 그의 입에서 연신 앓는 소리만이 흘러나왔다.

복잡한 심경으로 각기 생각에 잠긴 이들의 면면

을 돌아본 유건이 피식 웃었다.

'아주 머리 굴리는 소리가 여기까지 들린다.'

생각 같아서는 여기 있는 놈들을 모조리 때려눕
힌 뒤 이야기를 진행하고 싶었지만, 엄연히 이곳의
대표자는 자신이 아닌 아나지톤이었기에 눈을 지그
시 감는 것으로 대신했다.

생각할 시간을 주기라도 하듯이 잠자코 그들을
지켜보고 있던 아나지톤이 다시 말을 이었다.

"여러분들도 최근 외부와의 통신 자체가 끊겼다
는 걸 잘 알고 계실 겁니다. 끊긴 것은 단순히 통신
뿐만이 아닙니다. 외부와의 이동 자체도 단절되었
죠. 그렇기에 비전투요원들은 이곳에 남아 다시금
외부와의 통로를 연결하는 작업을 담당하게 될 겁
니다. 나머지는… 미궁을 이루고 있는 적을 처리하
는 일을 최우선으로 하게 될 겁니다."

전투에 대한 세세한 논의는 앞으로 차근차근 진
행해야 할 일이었기에 큰 줄기에 대하여 간략하게
설명한 아나지톤이 곧바로 회의를 끝냈다.

회의가 끝나기 무섭게 사람들이 그와 인사를 나
누며 급히 회의실을 빠져나갔다.

각기 다른 생각을 품은 채 거처로 돌아가는 그들
의 뒷모습을 가만히 지켜보고 있던 유건이 아나지

톤을 향해 말했다.

"괜찮겠습니까?"

"저들이 다른 행동을 하지 않을까? 하는 걱정 말인가요?"

"순수하게 힘을 모아 적을 물리치고자 하는 이들은 아무도 없는 것 같더군요."

"후후후, 그렇다고 한 들 어디 도망칠 곳도 없는 이곳 미궁 내에서 저들이 취할 행동은 뻔합니다."

"돕던지, 방관하던지."

"그렇죠. 하지만 마냥 이곳에 남아 방관자로서 머물겠다고 해도 저들 생각처럼 그리 쉽지는 않을 겁니다. 세계수의 비호를 받지 못한 채 이곳에 머무는 건 지금까지와 달리 무척 힘든 일이 될 테니까요."

그의 말처럼 이곳에 들어와 한동안 머물렀던 이들이 가지고 있는 커다란 착각이 하나 있었다.

그들이 적의 심장부와 같은 이곳에서 비교적 안전하게 머물 수 있었던 데에는 세계수라는 결정적인 요인이 있었기 때문이었다.

모든 사이한 기운을 몰아내고 어그러진 것들을 조화롭게 만들어주는 세계수의 영역 하에 자리를 잡고 있었기에, 릴리스의 마력으로 가득 찬 미궁내의 공기를 들이키면서도 이성을 온전히 지켜낼 수 있었던 것이었다.

그러한 보호 장치가 모두 사라진다면?

언제 곁에 있던 동료가 이성을 잃고 자신을 공격할지 모르는 두려움 속에 하루하루를 보내야 할 것이 분명했다.

방관하기로 결정한 뒤 이곳에 남겠다고 주장하는 이들에게는 분명 무척이나 가혹한 시간이 될 터였다.

· ⚛ ·

이곳에 머물고 있던 이들에게 청천벽력과 같은 소식이 전해지기 얼마 전.

유건을 위시한 일행들이 실종된 철환과 나머지 일행들을 찾아 나서기로 결정한 뒤 곧바로 움직일 것 같았던 그들을 저지한 것은 다름 아닌 아나지톤이었다.

그런 그가 곧바로 꺼내든 카드가 바로 총공격이라는 생각지도 못한 선택이었다.

"여러분들끼리만 가는 것보다 이게 더 낫지 않겠어요? 후후훗."

"그런데, 저들을 어떻게 움직이시려고요?"

하루나의 물음에 아나지톤이 창밖을 가리키며 말했다.

"그동안 잘 자랐으니 이젠 옮겨 심으려고요."

그의 말에 저 멀리 보이는 거대한 세계수를 바라보며 성희가 멍한 얼굴로 말했다.

"그, 근데 저렇게 큰 걸 어떻게 옮겨 심나요?"

"세계수의 본질은 겉으로 보이는 저 거대한 몸체가 아니랍니다."

눈을 찡긋 거리며 건넨 그의 말에 성희가 어리둥절한 얼굴로 반문했다.

"네? 그게 무슨?"

"일종의 에너지체인거로군요."

유건의 말에 모두의 시선이 모여들었다.

"오호~ 역시 유건은 그 본질을 알아보는군요."

"어렴풋이 느껴지긴 했었지만, 얼마 전에야 비로소 이를 알아볼 수 있게 됐습니다."

"후훗, 대부분의 사람들은 겉으로 보이는 저 거대한 몸체에 시선을 뺏겨 그 본질을 알아보지 못하죠."

"그런데 괜찮겠습니까? 저게 없으면…."

유건의 말에 담긴 의미를 알아차린 아나지톤이 그의 어깨를 다독거리며 말했다.

"그동안 아무 걱정 없이 마음껏 활동하게 해줬잖아요? 이젠 저희가 돌려받을 차례죠. 후훗."

"그렇군요."

고개를 끄덕이며 자신 앞에서 웃고 있는 아나지톤의 모습을 바라본 유건이 속으로 생각했다.

'겉보기처럼 마냥 선하기만 한 자는 아니구나.'

절대적인 선이 어느 누군가에게는 절대 악이 될 수도 있다는 사실을 떠올린 유건이 피식 웃었다.

● ◆ ●

자기 처소로 돌아온 유건이 무척이나 조심스러운 손길로 문을 열었다.

혹여나 안에 잠들어 있는 성희가 깨기라도 할까 봐 조용히 안으로 들어선 그가 이불을 끌어안은 채 곤히 잠들어 있는 성희의 머리를 조심스럽게 쓰다듬었다.

"으음…."

그의 손길이 기분 좋았는지 잠시 뒤척거리던 그녀가 이내 미소를 머금은 채 깊은 잠에 빠져들었다.

그녀와 끝나지 않을 것 같았던 격정적인 밤을 보내고 난 뒤 그는 자신이 자각한 혼돈의 기운 그 자체가 변했다는 사실을 깨달았다.

금방이라도 사슬을 끊고 덤벼들 것 같이 난폭했던 혼돈의 기운이 지금은 마치 잘 길들여진 맹수처럼 얌전해진 것이었다.

통제하기 버거웠던 기운이 온전히 그의 통제 하에 들어오자, 운용할 수 있는 힘의 한계 자체가 사라져 버린 것 같이 느껴졌다.

그럼에도 불구하고 오히려 그 부담감은 반의반도 느껴지지 않았다.

'지금이라면…!'

주먹을 불끈 쥔 유건이 여전히 막대한 존재감을 뿜어내고 있는 더 블랙을 떠올리며 전의를 다졌다.

할 수 있을 것 같다는 자신감이 생기자 그간 억눌려 있었던 유건의 마음에 진정한 평안히 찾아왔다.

그 모든 일이 편안한 얼굴로 잠들어 있는 그녀 덕분이라는 사실을 떠올리자 그녀가 더없이 사랑스럽게 느껴졌다.

아래로 향한 그의 입술이 조심스럽게 그녀의 어깨를 더듬어갔다.

"아흠…."

무의식중에 신음소리를 흘린 그녀가 눈을 떴다.

그리고는 가늘고 긴 팔을 뻗어 유건의 목을 끌어 안았다. 전과 비교하면 한결 과감해진 행동이었지만, 오히려 무척이나 자연스럽게 느껴졌다.

"왔어요?"

"응."

"갔던 일은요?"

"잘 됐어."

"큭, 그 사람들이 당황했을 모습이 눈에 선하네요."

"볼만했지."

"곧 움직이겠네요?"

"응, 그렇다고 당장 움직이는 건 아니고."

"고생 많았어요."

"내가 뭐 한 게 있어야지."

"가만히 서있는 거 자체가 일이죠. 무.력.과.시 몰라요?"

짐짓 인상을 써가며 한자 한자 힘주어 말하는 그녀의 모습에 유건이 터져 나오는 웃음을 참지 못했다.

"푸하~! 내가 언제 그랬다고?"

"어라? 몰랐어요? 요즘 들어서 볼 때마다 이렇게 인상 쓴 채로 분위기 잡고 있었다고요?"

적을자5

손을 들어 미간을 좁힌 그녀가 유건을 보며 말했다.

더없이 사랑스러운 그녀의 모습에 결국 참지 못한 유건이 키스를 날렸다.

"읍~! 뭐, 뭐예요. 예고도 없이!"

"원래 이런 건 예고하고 하는 게 아닐걸?"

"그, 그치만… 꺄아~! 어, 어딜 만져요!"

부끄러운 듯 붉어진 얼굴로 말을 늘이던 그녀가 깜짝 놀라 뒤로 성큼 물러섰다.

"어라? 누가 들으면 오해 하겠다? 어젯밤 나와 함께 뜨겁게 불타오른 건 어디의 누구 였더라~아?"

"으윽~! 저, 저질!"

귀까지 붉어진 그녀가 이불을 뒤집어쓰며 소리를 빽하고 질렀다.

"어디 진짜 저질이 뭔지 좀 보여줄까?"

"꺄아~! 오, 오지 마! 저리 가요! 어, 어딜 파고들어요! 나 옷도 안 입고 있단 말이에요! 꺄아~!"

이불을 들춘 유건이 그대로 그녀를 덮쳤다.

"아, 거, 거긴… 아흥~ 하아~"

잠시 반항하던 그녀의 입에서 이내 뜨거운 교성이 흘러나왔다.

밤새 달아올랐던 방에 다시금 뜨거운 불길이 피어올랐다.

· ※ ·

존재의 일부가 소멸당한 것도 모자라서 궁극의 마도기였던 이프리트마저 빼앗긴 태초의 마녀 릴리스가 표독스러운 얼굴을 한 채 지하로 내려갔다.

"용서 못해. 절대로 용서 못해."

분노에 가득 찬 그녀의 주위로 몰려든 망령들이 연신 앓는 소리를 내며 몸을 떨어댔다.

지하로 깊이 내려가면 갈수록 수를 셀 수 없을 정도로 많은 갖가지 크기의 망령들이 그녀를 따라붙었다.

망령들은 마치 어미를 따라가는 새끼들처럼 온갖 아양을 떨어가며 그녀의 주변을 맴돌았다.

수많은 세월동안 그녀의 손에 죽은 대적자들, 그리고 그녀를 막아서던 수많은 집단들.

그들 모두가 죽고 난 뒤에도 평안한 안식을 누리지 못한 채 그녀의 수족이 되어 이곳에 봉인 되었다.

사실 처음부터 미궁이 이렇게 방대한 크기를 자

랑했던 것은 아니었다.

하나 둘 씩 늘어나기 시작한 망령들과 그것들을 이용해 자신의 힘을 불려나간 릴리스의 마력이 점차 방대해지면서부터 자연스럽게 그 크기가 불어난 미궁이었다.

자칫 낭패를 본 것처럼 보이는 지난 일전도 만약 그녀가 지닌바 힘의 반만이라도 제대로 사용했더라면 그 결과는 지금과 판이하게 달랐을 것이 분명했다.

지나치게 강대해진 스스로의 힘에 먹혀 그 존재 자체가 변질 되는 것을 우려한 그녀가 자신의 정체성을 온전히 유지하기 위해 그 힘을 여러 가지로 봉인해 이곳저곳으로 분산시켜놓았다.

그녀는 지금 그 중에서도 가장 커다란 힘이 봉인되어 있는 곳으로 향하고 있는 중이었다.

너무 거대한 힘이었기에 그녀조차도 꺼려지게 만드는 그 봉인이 그려져 있는 마지막 층에 도착한 그녀의 인상이 찌푸려졌다.

꿀꺽.

긴장한 그녀의 목울대가 크게 움직였다.

소멸될지도 모른다는 위험을 무릅쓰고 릴리스라는 그녀의 본질 그 자체를 규정짓는 어둠의 마력을 이곳에 봉인 한지도 어언 천년의 시간의 흘렀다.

이번에 봉인을 푼다면, 아마도 두 번 다시는 이전으로 돌아가지 못할 것이 분명했다.

수십 겹의 봉인 마법진으로 도배되다 시피 한 바닥의 중심을 향해 천천히 걸어간 그녀의 입에서 이제는 사라져버린 고어가 마치 노랫소리처럼 은은하게 흘러나왔다.

구구구궁!

거대한 궁전 전체가 거칠게 흔들렸다.

무수히 떨어져 내리는 돌가루들 사이에서 여전히 눈을 반개한 채 주문을 영창하던 그녀의 몸에서 변화가 일어나기 시작했다.

살가죽에 가늘게 실금이 가는가 싶더니 이내 그 틈새에서 엄청난 빛이 뿜어져 나왔다.

그렇게 시작한 눈부신 빛이 그녀의 눈과 입을 이어 온 몸을 통해 뿜어졌다.

우우우우우웅~!

콰아아앙!

하늘로 천천히 떠오른 그녀의 몸이 말 그대로 터져나갔다.

사방으로 터져나간 그녀의 파편이 그대로 연기를 내며 소멸했다.

과연 이대로 봉인 해제 의식이 실패한 것인가?

"끼이이이이이!"

걱정이 되는 듯 가늘게 몸을 떨어가며 주변을 맴도는 망령들이 일순간 비명을 질러가며 사방으로 도망쳤다.

산산이 터져나간 그녀의 몸 대신 그녀가 있던 자리에 뭉쳐있던 빛이 서서히 사람의 모양으로 변했다.

그 빛이 이리 저리 뭉쳐가며 그녀의 몸을 완벽하게 재구성했다.

어린 소녀 같이 치기 어리던 그녀의 예전 모습과 달리 성숙한 여인의 매력을 물씬 풍기는 여인의 모습으로 천천히 변했다.

"하아…."

가늘고 길게 숨을 내뱉은 그녀가 나른한 표정으로 눈을 떴다.

"이게, 얼마만인 거지?"

세상의 모든 악마들의 어머니, 릴리스로서의 온전한 모습을 회복한 그녀가 주변을 맴도는 망령들을 부드럽게 쓰다듬으며 자신의 몸을 천천히 훑어보았다.

그녀의 본능에 각인된 명령에 따라 무수히 많은 마물들을 낳아왔던 그녀로 인해 과거 이 세계는 멸망의 위기를 겪은 적이 있었다.

그 당시 존재하던 수많은 초월자들이 모두 몰려 들어 마물들을 제거한 뒤 그녀와 담판을 짓기 위해 찾아왔다.

　그렇게 그녀를 마주한 초월자들은 쉽게 다음 말을 잇지 못했다.

　자신들의 손으로 베어 넘긴 마물들이 하나같이 그녀와 자신들의 관계를 통해서 탄생한 존재였다는 사실을 그녀를 만난 직후 본능적으로 깨달았기 때문이었다.

　그 어떤 이라도 뜨겁게 사랑하며, 그를 통해 마물을 낳는 여인.

　자신의 자식들을 친히 소멸시켰다는 믿기 힘든 사실을 깨달은 그들 모두가 괴로움에 못 이겨 스스로의 존재 자체를 부인하고야 말았다.

　초월자라 불리는 이들의 강한 의지는 세상의 근원에 새겨져 있던 그들의 존재 기록 그 자체를 지워버리고 말았다.

　자신이 사랑했던 수많은 이들의 존재 그 자체가 소멸되는 과정을 지켜보며 뜨거운 눈물을 흘리던 그녀 또한 그들의 뒤를 이어 자신의 존재 자체를 부인하고자 했다.

　그러나 세상은 그녀가 사라지는 것 자체를 허락

하지 않았다.

"어째서! 왜!"

사랑하는 자식들과 사랑했던 이들의 죽음을 하루 아침에 모두 겪어야 했던 그녀는 그 깊은 상실의 고통 속에서 그녀의 본질을 규정하는 대부분의 힘을 봉인하기로 결심했다.

그리고 드디어 천년의 시간을 넘어서 그녀가 다시금 온전한 모습으로 이 세상에 모습을 드러냈다.

'……!'

귓가에 들리지 않는 엄청난 파장이 미궁을 넘어서 전 세계를 향해 뻗어나갔다.

어머니가 돌아왔다!

그 순간 세상 곳곳에 몸을 숨긴 채 살아가고 있던 모든 마물들이 희열에 몸을 떨었다.

그리고 본능적으로 전력을 다해 그녀가 있는 곳으로 향했다.

심지어 유건의 곁에 머물고 있던 베네피쿠스마저 쉬지 않고 흘러내리는 눈물을 닦을 생각조차 하지 않은 채 그녀가 있는 곳을 향해 날아올랐다.

절대 깨지지 않을 것이라 호언장담했던 피의 맹약이 너무나도 쉽게 깨져나갔다.

그녀가 온전히 깨어나자마자 곧바로 이를 깨달은 유건의 눈이 먼 곳으로 향했다.

깊은 심처에서 오랜만에 얻은 새로운 장난감들을 매만지고 있던 더 블랙의 입가에 짙은 미소가 서렸다.

새로운 대적자가 비로소 눈을 뜬 순간이었다.

· ✦ ·

지휘본부의 옥상으로 올라선 유건은 저 멀리서 느껴지는 엄청난 기운에 무척이나 당혹스러웠다.

'저건 대체 뭐지?'

그간 익히 감지하고 있었던 태초의 마녀 릴리스 그녀의 것과는 그 기운이 풍기는 느낌 자체가 너무나 달랐다.

'갈증?'

참 아이러니 하게도 지금 이 순간 그의 머릿속을 가득 채우고 있는 것은 지독한 갈증이었다.

단순히 목이 마른 그것과는 다른 종류의 갈증이었다.

조금 전까지만 해도 쉬지 않고 격정적인 사랑을 나누었던 그였다.

그런데도 다시금 마음 깊은 곳에서 욕정의 불길이 거세게 일어났다.

지금 당장이라도 엄청난 기운이 느껴지는 그곳을 향해 날아가고 싶었다.

만약 성희의 도움으로 인해 혼돈의 기운이 안정되지 못했다면, 결국 참지 못한 채 폭주하고 말았을 터였다.

그만큼 저 멀리서 느껴지는 유혹은 강렬했다.

밑을 내려다보니 요새 전체가 혼란으로 가득했다.

여기저기서 눈이 돌아간 요원들이 침을 질질 흘려가며 요새 밖으로 달려 나갔다.

마치 불길을 향해 몸을 던지는 부나방과도 같아 보였다.

그런 그의 곁으로 일행들이 하나 둘씩 모여들었다. 그중 남자들의 얼굴 표정이 특히나 좋지 않았다.

'신화 속에서나 존재하는 태초의 마녀 릴리스에 대한 이야기들이 모두 사실 이었나?'

"크흡. 대, 대체 이게 뭐냐 유건아."

제임스가 억지로 참고 있다는 것이 역력한 표정으로 그의 어깨를 짚은 채 숨을 헐떡거렸다.

그들 모두 본능적으로 유건을 찾아 그의 힘의 영향권 아래에 몸을 숨긴 것이었다.

만일 그가 아니었다면 이들도 결국 오래 참지 못하고 그녀에게로 달려갔을 것이 분명했다.

"아무래도, 태초의 마녀 릴리스 그녀가 온전한 힘을 각성한 것 같습니다."

유건의 말에 미간을 찌푸린 채 한참 머리를 굴리던 제임스가 걸쭉한 침을 뱉어냈다.

"쳇, 보아하니 남자들만 괴로운 것 같구만."

장 루이도 말은 안했지만 온 몸에 힘을 가득 주고 서있는 모습을 보아하니 꽤나 참기 힘들어보였다.

누군가를 찾는 듯 주변을 두리번거리던 그가 물었다.

"네 그 충실한 수하는 어디 갔냐?"

"훗, 진짜 주인이 나타나니까 뒤도 안돌아보고 달려가던데요?"

"쳇, 내가 그 새끼 언젠가는 그럴 줄 알았다."

입에서 나오는 말과 달리 그의 표정엔 안타까움이 가득 서려 있었다.

그간 정이 꽤나 들었던 듯 말하는 목소리에 힘이 없었다.

"이거 어떻게 좀 해야 할 것 같은데요?"

유건의 말에 천천히 모습을 드러낸 아나지톤이 가볍게 웃으며 답했다.

"그러게요, 이러다가는 총공격이 아니라 전 병력 투항이 되고 말겠어요."

말을 마치자마자 눈을 감고 무언가를 중얼거리던 그의 몸 주변으로 은은한 황금빛 광채가 서렸다.

"$H\Theta\Lambda\Phi$, $\Psi?\Xi$??!"

알 수 없는 외침과 동시에 그의 몸에 서려있던 황금빛 광채가 요새 전체로 퍼져나갔다.

제임스는 그 빛이 몸을 통과해서 지나가자마자 자신을 괴롭히던 갈증이 사라진 것을 느낄 수 있었다.

"신기한데? 뭘 어떻게 한 거예요? 스승님?"

놀라워하며 묻는 제임스를 향해 손가락을 편 그가 이를 좌우로 가볍게 흔들며 말했다.

"남의 비법은 함부로 묻는 게 아니랍니다."

"쳇, 아무튼 뭐 하나 제대로 가르쳐 주는 게 없다니까."

나직이 투덜거리는 그를 바라보던 일행들이 가볍게 웃음을 터트렸다.

그가 내심 무척이나 고마워하고 있다는 것을 잘 알고 있었기 때문이었다.

함께한 시간이 길수록 자연스럽게 알게 되는 것들이 있는 법이었다.

평소 제임스 그가 자신의 스승인 아나지톤을 얼마나 존경하고 있는지 잘 알고 있는 일행들이 한결 편안해진 표정으로 혼란이 정리되고 있는 요새를 내려다보았다.

"아무래도 빨리 움직여야 될 것 같네요. 상대가 좀 더 준비되기 전에."

"그래요, 유건씨의 말이 맞습니다. 곧 출발해야겠어요. 예상보다 조금 이르긴 하지만, 아주 예상에 없던 일은 아니니까요. 모두들 돌아가서 떠날 준비를 해주세요. 내일 아침, 공격에 나섭니다."

아니지톤의 말이 끝나기 무섭게 일행들의 분위기가 일변했다.

이제는 어디 가서도 무시당하지 않을 정도의 힘을 얻은 그들이었다.

게다가 그들의 앞에는 저 강대한 힘을 자각한 적을 상대해줄 유건이 변함없이 흔들림 없는 모습으로 버티고 서있었다.

할 수 있다는 자신감이 그들의 마음 깊은 곳에 깊이 새겨졌다.

절음자 5

아나지톤의 몸에서 뻗어나간 황금빛 광채가 요새 전체를 감싸기 전 그곳을 뛰쳐나가 행방불명 처리된 이들의 숫자만 물경 일만 여명에 달했다.

공식적으로 등록되지 않은 채 이곳으로 유입된 이들까지 합치면 그 숫자는 훨씬 더 늘어날 것이 분명해 보였다.

특별히 아무런 능력도 지니지 못한 평범한 사람들에 비해, 이능을 각성한 각성자들의 실종 비율이 압도적으로 높았다.

이러한 사실을 종합해보면 결국 일정 수준 이상의 힘을 지닌 이들에 한해 유건과 그의 일행들이 느꼈던 그 갈증을 느꼈고, 결국 이를 참지 못해 요새를 뛰쳐나갔다는 사실을 알 수 있었다.

가장 많은 이들이 실종된 곳은 다름 아닌 유건에 의해 훈련을 받고 있었던 일급 요원들이 머물고 있던 숙소였다.

필사적인 의지로 바닥에 주먹을 꽂아 넣은 채 유혹을 버텨낸 강찬이 엉망이 된 숙소를 돌아다니며 남아있는 이들을 의무대로 호송했다.

남아 있는 이들은 그와 마찬가지로 유혹을 이겨

내기 위해 갖가지 방법을 동원해 자신의 몸을 제어했다.

이는 물론 그가 동원했던 방법처럼 자신의 몸에 인위적인 제약을 거는 방법들이었다.

그 결과 유혹을 견디지 못해 숙소를 뛰쳐나가는 일은 면할 수 있었지만, 제법 큰 상처들을 입고 신음해야만 했다.

이능을 폭주시켜 몸을 엉망으로 만들었던 밀리언이 들것에 실려 나가며 자신을 안쓰러운 표정으로 내려다보고 있는 강찬에게 말했다.

"그 팔은 어떻게 된 거냐?"

"다 아시면서 뭘 물어보십니까?"

"빨리 치료받아야 할 것 같은데?"

"체질상 이정도 상처는 침만 발라도 잘 낫습니다."

"훗, 그러냐? 그나저나 피해 정도는 얼마나 돼 보이냐?"

손가락 하나 까딱할 수 없는 상황이었기에 소란스러운 내부의 상황을 제대로 파악할 수 없었던 밀리언이 인상을 잔뜩 찌푸린 채 물었다.

"대부분이… 실종인 것 같습니다."

"허~! 이게 대체 무슨 일인지."

참담한 현실에 대해 말하는 이나 듣는 이나 기가 막힐 노릇이었다.

"먼저 가서 대기 하고 있어라, 곧 따라 갈 테니까."

밀리언은 회복 계열의 이능을 각성한 요원들과 더불어 최근 그 효능이 급격하게 좋아진 회복계 포션들을 사용한다면 금방 몸을 회복 할 수 있으리라 여겼다.

물론 그만큼 부작용이 크겠지만 지금은 그런 것들을 따질만한 상황이 아니었다.

그의 말에 담긴 의미를 깨달은 강찬이 무거운 표정으로 고개를 끄덕였다.

빠져나가려는 이들을 막기엔 평범한 일반인들로서는 역부족이었다.

개중에는 최근에 성공적으로 결합에 성공한 신종 키메라들과 개조 시술을 받은 군인들이 대거 포함되어 있었다.

이곳 내부에서 얻은 재료들과 새로운 마정석들을 활용해 활발하게 연구를 진행하던 연구원들이 사라져버린 실험체들의 빈자리를 바라보며 망연자실한 표정을 한 채 서있었다.

외부에서 유입된 강화군인들 또한 대거 자리를

이탈했다. 외부와의 연락이 두절된 상태라 더 이상 추가적인 지시를 받지 못하는 그들로서는 이 사태를 두고 어찌해야 할 바를 몰라 갈팡질팡했다.

결과만 놓고 본다면 열심히 죽 쒀서 적에게 퍼준 격이었다.

온전히 각성한 태초의 마녀 릴리스를 향해 달려간 이들은 결국 적이 되어 그들을 향해 총구를 돌리게 될 것이 분명했다.

그간 부지런히 미궁 내에 존재하는 몬스터들의 숫자를 줄여온 보람도 없이 최후의 결전을 대비하려는 그들에게 있어서는 청천벽력 같은 일이 아닐 수 없었다.

"예상 하셨던 일입니까?"

유건의 물음에 아나지톤이 고개를 가로저었다.

"아니요, 이건 저로서도 전혀 예상치 못했던 상황입니다."

아나지톤이 여전히 생생하게 느껴지는 릴리스의 마력에 살짝 미간을 찌푸렸다.

"느껴지는 존재감만 비교해 봐도 더 블랙 그자와 거의 비등해 보이는데요?"

"네, 사실은 저도 무척 놀랐습니다. 어쩌면 주의해야 할 상대가 비단 그 뿐만이 아니었나봅니다."

적응자5

단순한 1:1 대결 구조에 집중하고 있던 그들로서는 갑자기 등장한 새로운 대적에 놀랄 수밖에 없었다.

미궁이라는 한정된 공간속에 절대적인 힘을 자랑하는 강자가 무려 셋이나 자리 하게 된 것이었다.

물론 지금까지의 상황으로 미루어 짐작해 본다면 1:1:1의 대치 국면이 아닌 2:1이라는 최악의 결과를 맞게 된 것이 틀림없어 보였다.

하지만, 과연 이만한 힘을 각성한 그녀가 순순히 더 블랙에게 순종할는지는 미지수였다.

'변수는 최대한 제거한다고 노력했지만….'

여전히 무심한 표정을 하고 있는 유건의 옆모습을 흘깃 쳐다본 아나지톤이 가볍게 고개를 흔들었다.

어차피 벌어진 일.

제 아무리 그가 많은 능력을 지니고 있다 할지라도 모든 상황을 자기 뜻대로 이끌어 갈 수는 없는 법이었다.

지금 할 수 있는 건 그저 자신의 곁에 서있는 유건을 믿는 것뿐이었다.

상념을 털어낸 그가 손을 들어 유건의 어깨를 두드리며 말했다.

"가로막는다면, 뚫고 가는 수밖에요."

"그래야겠죠."

"저는 유건을 믿습니다."

"기분 좋은데요?"

"후후훗, 그렇습니까?"

"가드 마스터의 신뢰라… 과연 그런 신뢰를 받는 사람이 몇이나 되겠습니까?"

"하긴, 그러고 보니 그 말도 맞네요."

"곧… 끝이 나겠죠?"

최후의 결전이 다가왔다는 것을 본능적으로 깨달은 유건이 무거운 표정을 한 채 창밖으로 시선을 던졌다.

"먼 훗날, 아버지들이 아이들에게 들려줄 수 있는 해피엔딩 스토리가 될 겁니다."

"happly ever after~ 이렇게요?"

마치 동화의 결말을 읽듯 과장되게 말하는 유건을 향해 아나지톤이 미소 지었다.

"저는, 유건이라면 분명히 그렇게 할 수 있을 거라고 믿습니다."

둘 사이에 잠시 적막이 흘렀다.

"그렇게 거듭 말씀해 주시니 조금… 쑥스러운데요?"

"그렇습니까?"

"그렇네요."

"하하하하하"

"하하하하하"

동시에 웃음을 터트린 두 사람이 손을 내밀어 가볍게 주먹을 부딪쳤다.

·   ▼   ·

소란이 어느 정도 진정된 이후

각자의 대표장들이 아나지톤을 찾아와 서로 요새를 지키며 외부와의 연결 통로를 복구하는 일을 맡게 해달라고 요청했다.

너도 나도 찾아와서 요청하는 통에 결국 아나지톤이 그들 모두를 한 자리로 불러 모았다.

"여기 계신 모든 분들이 제게 요새를 지키는 임무를 맡게 해달라고 요청하셨습니다."

"커흠."

"크흠"

그의 말에 자리에 앉은 이들이 서로 눈치를 보며 연신 헛기침을 해댔다.

"흠흠흠… 뭐 그거야 어찌 보면 당연한 일 아니겠

소? 위험한 임무에 자기 사람들을 밀어 넣을 사람
이 세상에 어디 있겠습니까?"

대 몬스터 위원회를 대표하는 살집이 넉넉한 중
년 사내의 말에 사람들이 급격히 호응하며 애로사
항들을 털어놨다.

누가 억지로 들어오라 한 적이 있었던가?

그럴싸한 대의명분으로 포장한 채 마치 세상을
구할 의무가 자신들에게 있는 양 이곳을 향해 발을
디밀지 않았던가?

자신의 예상에 한 치도 벗어나지 않은 그들의 반
응을 묵묵히 지켜보던 아나지톤이 입을 열었다.

"모두들 어려운 입장에 처하신 것 같으니 이렇게
하도록 하죠."

그의 말에 웅성거리는 소음으로 가득하던 실내가
적막에 휩싸였다.

"요새를 지키며 외부와의 연결 통로를 복구하는
일에 필요한 이들의 숫자는 반드시 필요한 인원들
외에 총 일만 명 정도입니다. 더 이상의 숫자는 오
히려 방해가 될 뿐입니다. 게다가 총공격을 앞둔 입
장에서 많은 수가 빠져나간다면 사기가 저하될 우
려가 있습니다."

"크흠흠… 그것도 그렇겠구려."

그의 말은 사전에 자신들이 조사해서 알아낸 최대 수용 인원의 숫자와 거의 일치했다.

"그러니 여기 계신 분들께서 공평하게 인원을 분배해서 배치하는 걸로 결론을 내렸으면 합니다만? 혹여나 반대하시는 분 계십니까?"

서로 눈치 보기에 바쁜 그들은 딱히 반대할 만한 다른 명분이 없었기에 묵묵히 못이기는 척 고개를 끄덕였다.

애초에 총공격을 앞둔 시점에서 자신들의 세력만 보존할 수 있으리라 여기지는 않았었기 때문이었다.

그렇게 일단의 소동이 마무리 된 이후 본격적인 공격대의 구성이 진행되었다.

워낙 많은 숫자의 사람들이 참여하는 공격인지라 이를 효율적으로 운영하기 위해서는 생각보다 많은 준비가 필요했다.

그러나 이미 오래전부터 이곳으로 들어온 이들의 신상명세를 모두 파악하고 있었던 아나지톤의 지휘덕분에 이 모든 일들이 일사천리로 진행되었다.

조금의 반발조차 할 수 없을 만큼 적재적소에 딱 알맞은 이들이 배정되었다.

이러한 그의 진영 운영 능력에 적잖이 감탄한 유건이 자신에게 배정된 최정예 요원들 명단을 바라보며 생각에 잠겼다.

총 9870명.

그들 개개인이 각 단체에서 최고라 손꼽힐 만큼 대단한 능력을 자랑하는 자들이었다.

사실 만 명에 조금 못 미치는 그들이 주 전력이라 할 수 있었다.

뒤 따르는 십만에 다다르는 군대는 대부분 그 뒤처리를 담당하도록 되어 있었다.

숫자야 일만에 조금 못 미친다지만, 그들이 지닌 능력이면 세계 정복도 손쉽게 이룰 수 있을 정도로 대단한 것이었다.

"준비가 다 됐습니다."

손에 들린 종이에 인쇄된 사람들의 이름을 꼼꼼히 읽어나가던 유건이 고개를 들었다.

한 사람 한 사람 이름을 모두 기억할 순 없지만, 그래도 아무렇지도 않게 여기고 싶지는 않았다.

자신을 기다린 채 질서 정연하게 도열해 있는 선두 병력을 향해 유건이 천천히 걸어갔다.

임시로 마련된 단상에 올라간 유건이 자신을 향한 수많은 시선들을 받으며 주변을 둘러보았다.

기대? 의심? 환호?

그곳에는 도열해 있는 이들이 지니고 있는 각종 감정들이 한데 모여 소용돌이 치고 있었다.

그 누구라도 쉽게 입을 열기 힘들만큼 강한 압박이 단상 위로 몰려들었다.

"훗."

가볍게 웃은 유건이 입을 열었다.

"반갑다."

그의 말 한마디가 끝나기 무섭게 주변을 가득 채우고 있던 알 수 없는 힘의 소용돌이가 순식간에 자취를 감췄다.

소름끼치는 적막.

도열해 있던 이들은 자신의 등줄기를 따라 흘러내리는 땀을 의식하지도 못한 채 잔뜩 긴장해야 했다.

그들의 평생의 삶 가운데 유건만한 존재감을 지닌 이를 대면한 적은 없었다.

그들 모두는 동시에 같은 생각을 했다.

'격이 다르다!'

조용해진 분위기가 마음에 드는지 잠시 이를 음미하던 유건이 다음 말을 이어나갔다.

"가장 위험한 적은 내가 상대한다. 그 다음으로 위험한 적은 그 다음 녀석이 담당해라. 그렇게 앞을 가로막는 것은 모조리 부숴버리고 앞으로 나갈 것이다. 우리의 뒤로 10만의 병력들이, 그리고 그들의 뒤로 남아 있는 모든 인류의 존속이라는 절대 명제가 따르고 있다.”

옆에 서있는 사람의 침 삼키는 소리까지 들릴 정도로 사위가 고요했다.

“두렵나? 나도 두렵다. 그 짐이 무거운가? 나도 무겁다. 그렇다고 해서 도망치거나 외면할 수 있는가? 그러기엔 내 조국이! 내 친우가! 내 가족이! 너무나 소중하다.”

두근.

두근.

유건의 말 한마디 한마디가 그들 모두의 가슴을 뒤흔들었다.

“싸워라! 그 모든 것들을 사랑하는 만큼! 버텨내라! 다시 돌아가게 될 그들의 품을 기억하며! 나는 절대로 너희에게 앞모습을 보여주지 않을 것이다.”

그렇게 두근거리던 가슴에서 뜨거운 무언가가 치밀어 올랐다.

“서로의 뒷모습을 가슴에 담아라! 그 사내의 등이! 온 인류를 지키기 위해 나서는 영웅의 뒷모습이다!”

“우오오오오오오오!”

누가 먼저랄 것도 없이 터져 나온 뜨거운 함성이 드넓은 요새의 광장을 가득 채웠다.

낯설게 느껴지던 옆 사람이 이제는 무엇보다 믿을 만한 동료가 되어 있었다.

사람들의 마음을 휘어잡는 유건의 능력에 만족스러운 듯 미소 짓고 있던 아니지톤이 마지막 안배를 위해 조용히 자리를 비웠다.

사람들의 맨 앞자리에 도열해 있던 유건의 일행들 또한 뜨거운 숨결을 토해내며 고함을 질러댔다.

유건의 말에는 각기 다른 생각을 품은 채 이 자리에 온 수많은 이들의 가슴을 뛰게 만드는 무언가가 있었다.

유건의 사인을 받은 밀리언이 자신이 맡은 이들을 인도하며 자연스럽게 요새를 빠져나갔다.

유건에게 훈련받았던 기존의 일급요원들이 모두 그들을 지휘하는 소대장의 역할을 맡았다.

질서 정연하게 광장을 빠져나가는 요원들 하나하나가 유건을 향해 존경의 마음을 가득 담아 인사를 건넸다.

그들 한 사람 한 사람의 모습을 잊지 않기 위해 가슴에 담아두는 유건의 마음이 서서히 두근거리기 시작했다.

'지금 간다. 기다려라.'

. ▲ .

"드디어 오는가? 나의 대적이여?"

새로 손에 넣은 장난감들을 완성시킨 뒤 이를 감상하고 있던 더 블랙이 먼 곳에서 느껴지는 거대한 기파를 느끼며 웃었다.

바로 얼마 전까지만 해도 자신의 수하였지만, 새로운 대적자로 떠오른 그녀는 자기에게 대적할 의도가 전혀 없어 보였다.

그저 자신의 처소로 몰려든 이들과 쉬지 않고 관계를 가지며 새로운 마물을 낳는 일에 몰두 했다.

그렇게 만들어진 마물들 하나하나가 기존의 것들과 차원을 달리하는 강함을 지니고 있었다.

시간이 지나면 지날수록 그녀의 세력은 점점 더 강력해질 것이 분명해 보였다.

"또 다른 의미에서의 강적이군."

예측할 수 없는 미래야 말로 그에게 가장 큰 희열을 선사해주는 영역이었다.

"이래서 인간들은 재미있단 말이지."

그 어떤 드래곤도 인간으로 폴리모프해서 누리는

유희보다 더 나은 것을 찾지 못했다.

그들에 비하면 너무나도 보잘 것 없는 짧은 시간을 살아가면서도 그들은 언제나 그 무엇보다 아름다운 삶의 불꽃을 피워냈다.

망각의 축복을 얻지 못한 자신들로서는 결코 할 수 없는 일이었다.

그러기에 그는 인간들을 사랑하면서도 한편으로는 증오했다.

이 이율배반적인 감정의 틈바구니 속에서 그는 수많은 인간들을 사랑했고, 또 그보다 많은 인간들을 학살했다.

다른 차원에 속한 이곳의 인간들은 그가 속해 있던 중간계와 달리 아무런 제약을 받지 않은 채 마음대로 주무를 수 있었다.

그런 그의 앞에 나타난 두 대적자의 존재감을 느끼며 그가 희열에 가볍게 몸을 떨었다.

"좋군, 아주 좋아. 크하하하하하"

그의 손짓에 그간 단 한 번도 모습을 드러낸 적 없었던 그의 수족들이 하나 둘 나타났다.

단 하나의 개체가 수만의 오크들을 인솔한다고 알려진 오크 영웅.

그리고 수많은 이능력자들을 죽음으로 몰아넣었

던 오크 샤먼에 거기에 머리가 둘 달린 트윈 헤드 오우거까지.

그런 오우거에게 전혀 밀리지 않는 덩치를 가진 미노타우르스가 거칠게 콧김을 내뿜으며 지니고 있던 배틀 엑스를 어깨에 걸쳤다.

광기로 물들어 있던 여타의 몬스터들과 달리 그들의 눈빛은 마치 인간의 그것처럼 맑았다.

그 면면을 보면 어느 하나 오크 영웅보다 약해보이는 것이 없었다.

이것만 놓고 봐도 그간 더 블랙 그가 얼마나 인간들을 상대로 가볍게 놀고 있었는지를 잘 알 수 있었다.

그 가벼운 놀이에 전 인류의 삼분의 일 이상이 목숨을 잃었지만 그 숫자는 더 블랙 그에게 있어서 아무런 감흥도 주지 못했다.

이계의 마룡 바하무트는 이 이계에서의 특별한 유희가 그렇게 쉽게 끝나기를 결코 바라지 않았다.

그는 거의 동시에 마치 기다렸다는 듯이 탄생한 두 대적자의 존재에 무척이나 기뻤다.

그의 가슴을 설레게 만들어줄 존재를 그 얼마나 기다렸었던가?

드디어 그가 오랜 시간에 걸쳐 준비하고 공을 들

여 만든 무대 위로 오를 시간이었다.

·　▾　·

　미궁의 가장 밑바닥에 존재하는 거대한 공동.

　태초의 마녀 릴리스 그녀가 비로소 자신의 온전한 자아를 되찾은 바로 그곳.

　미궁 곳곳으로부터 몰려온 수많은 이들이 몽롱한 눈빛으로 그녀를 쳐다보고 있었다.

　그러다가 운 좋게 그녀의 선택을 받으면 그녀의 이끌림을 따라가 뜨거운 관계를 나누었다.

　그리고 이내 그녀는 새로운 마물을 낳았다.

　그것은 여인의 그것과 같은 방식이 아니었다.

　그녀의 내부에 존재하는 근원과 맞닿은 상대의 에너지가 변이되어 마치 원래부터 그 자리에 존재하기라도 했다는 듯 새로운 존재가 이 땅에 모습을 드러냈다.

　사람의 모습과 전혀 다르지 않은 마물서부터, 신화 속에서나 나올 법한 그로테스크한 모습의 마물까지.

　각종 욕망들이 형상화되어 갖가지 마물들을 만들어 냈다.

그 중에서도 특별히 강한 힘을 가진 마물들이 태어났는데, 이는 대부분 요새를 떠나 이곳으로 달려온 인간들과의 관계를 통해 만들어졌다.

그리고 당연한 수순처럼 그녀와 관계를 나눈 이들은 모든 에너지를 빼앗긴 채 말라비틀어진 미라와 같은 몰골로 최후를 맞았다.

"끄어어어어…!"

또 한 마리의 마물이 탄생하는 것과 동시에 세 가지 각기 다른 이능을 각성해 당당히 일급 요원의 명단에 이름을 올렸던 사내가 죽음을 맞이했다.

생전에 지니고 있던 힘이 워낙 강력해서인지 쉽게 생명이 끊어지지 않던 그는 자신과 비슷한 외형을 갖춘 채 태어난 마물이 무심한 눈빛으로 자신을 내려다보고 있는 것을 느꼈다.

꿈틀.

마치 더러운 벌레를 보는 것 같이 인상을 찌푸린 그 마물이 발을 들어 자신의 아버지와도 같은 그 사내의 얼굴을 짓밟았다.

"천한 것이 어딜 감히."

태어나자마자 태연한 얼굴로 부친살해를 저지른 그 마물이 천천히 자신의 어머니에게로 다가가 무릎을 굽히고 그녀의 손등에 입을 맞췄다.

"어머니시여."

"흐음, 그래… 네가 처음이구나."

그녀와 관계의 각인을 맺을 정도로 강력한 마물이 태어난 것은 그가 처음이었다.

"분부를."

그의 존재 의의는 그녀의 어머니를 제외한 모든 종의 말살.

저 멀리서부터 전해오는 수많은 이들의 기세를 느낀 그가 섬뜩한 얼굴로 그녀를 쳐다보았다.

"가서 네 본능이 이끄는 대로 행하거라."

"모든 것은 어머니의 뜻대로."

그렇게 다시금 인사를 건넨 그가 그동안 새롭게 태어난 마물들을 이끌고 지상으로 향했다.

그런 자식의 뒷모습을 가만히 지켜보던 그녀가 또 다른 요원을 향해 손길을 뻗었다.

"하아…."

몽롱한 시선을 한 채 다가오는 그의 눈동자에 태초의 마녀 릴리스의 요염한 모습이 비쳤다.

. ❖ .

자신의 뒤를 따르는 선발대가 뿜어내는 막대한

기운에 화들짝 놀란 몬스터들이 덤벼들 생각조차
하지 못한 채 줄행랑을 쳤다.

기존의 몬스터들에 비해 훨씬 더 호전적이었던
미궁 내의 몬스터가 취한 행동이라고 보기엔 무척
이나 이례적인 것이었다.

그만큼 모여 있는 이들이 뿜어내는 기운이 강렬
했다.

그렇게 한동안 별다른 방해를 받지 않은 채로 진
군하던 그들 앞에 일단의 무리가 모습을 드러냈다.

기존의 몬스터들과 판이하게 다른 외형을 지닌
적들의 등장에 선발대의 걸음이 멈춰 섰다.

유건과 마찬가지로 적들의 제일 선두에 서있던
사내가 천천히 그들을 향해 다가왔다.

"네가 우두머리인가?"

유건과 눈높이가 비슷한 사내가 무심한 어조로
물었다.

"아마도?"

"가지."

"어딜?"

"우두머리는 우두머리끼리 아니었나?"

이상하다는 듯 고개를 갸웃거리는 그의 모습에
유건이 피식 웃었다.

어딘가 순진한 것 같으면서도 조금은 모자라 보이는 그의 행동 때문이었다.

그가 입을 열려는 순간 뒤에서 능글맞은 목소리가 들려왔다.

"야, 그건 아니지. 우리 쪽 대장은 급이 다르거든 급이."

"급이 다르다?"

유건의 어깨위에 손을 두른 채 삐딱하게 선 제임스가 여전히 고개를 갸웃거리며 묻는 그를 향해 말했다.

"쉽게 말해서 네 상대는 얘가 아니라 나라고."

"너는 강한가?"

"그럼! 강한 정도가 아니라 아주 화끈하지."

손바닥 위에 주먹만 한 불덩이를 만들어낸 제임스가 한쪽 눈을 찡긋거리며 말했다.

"흐음…."

유건과 제임스 두 사람을 번갈아 쳐다보던 그가 결정한 듯 제임스를 바라보며 말했다.

"따라와라."

"예~쓰!"

자신이 선택됐다는 사실이 기쁜지 두 손을 불끈 쥐고 소리친 그가 유건의 어깨를 다독거리며 말했다.

"선택 받지 못했다고 해서 너무 슬퍼하지 말라고."

"조금 슬픈데요?"

"킥, 그게 슬픈 녀석 표정이냐? 아무튼 넌 나서지 말고 힘을 보존해라. 단 1%라도….

"네."

제임스의 말속에 담겨 있는 의미를 모를 리 없는 유건이었다.

그가 앞서 몸을 날리는 적을 따라 몸을 날렸다.

물론 떠나기 직전 하루나를 향해 하트를 날려주는 것 또한 잊지 않았다.

그의 노골적인 애정 행각에 그녀의 주변에 있던 요원들이 연신 휘파람을 불어댔다.

"저, 저 사람이 진짜!"

얼굴이 붉어진 하루나가 무안 한 듯 연신 손부채질을 해댔다.

"언니는 좋겠어요~오."

그녀의 곁에 서 있던 성희가 장난기 가득한 목소리로 말을 걸어왔다.

"어디의 누구처럼 밤새 좋지는 못해서 뭐~"

"에엑! 누, 누가 그래요!"

되로 주려다가 말로 받은 그녀가 경악한 얼굴을

한 채 한발자국 뒤로 물러섰다.

"어라? 몰랐어? 건물 내부가 다 쩌렁 쩌렁 울리던데?"

"으윽!"

놀리는 게 분명한 걸 알면서도 반박하지 못한 성희의 얼굴이 귀까지 새빨갛게 변했다.

"흐응~ 사실 이었나보네? 그냥 해본 소리였는데. 보기보다 앙큼한 걸?"

"아악~! 그, 그만! 그만요 언니! 제가 졌어요. 졌다고요."

주변의 시선이 그녀를 향해 모여드는 것을 느낀 성희가 다급히 그녀의 입을 막아가며 소리쳤다.

"그러 길래 어디서 감히 언니 놀릴 생각을 하니?"

"히잉~! 잘못했다니까요."

"쿡, 특별히 네 평소 모습을 봐서 이번 한 번만 용서해줄게"

"고맙습니다~아."

과장되게 말을 늘이며 꾸벅 인사를 하는 그녀의 모습에 하루나가 웃음을 터트렸다.

덕분에 마음속을 채우고 있던 불안감이 많이 사라진 걸 느낄 수 있었다.

'제발, 무사하기를.'

무리들로부터 한참을 떨어진 사내가 뒤따라 내려
선 제임스를 향해 말했다.

　"나의 이름은 Desire. 어머니가 낳은 첫 번째 자
식이다."

　"욕망이라… 그게 네 본질인가보지?"

　"그렇다."

　그의 거리낌 없는 대답에 제임스는 욕망이란 어
쩌면 인간이 지닌 가장 순수한 본질일 수도 있다는
생각이 들었다.

　"내 이름은 제임스. 보는바와 같이 무척이나 뜨거
운 사내지."

　손바닥 위로 작게 회오리치는 불기둥을 만들어낸
그가 이를 드러낸 채 시원스럽게 웃으며 말했다.

　"불? 너도 가슴속에 욕망이 가득한 사내였군."

　"훗, 딱 보기만 해도 그런걸 알 수 있나보지?"

　"대충은. 너는 나와 비슷하다. 그래서 쉽게 알 수
있었다."

　"뭐, 아닌 척 하면서 넘어갈 수도 있지만 네가 솔
직하게 나오는 만큼 나도 솔직해져야겠지?"

　조금 전만 해도 제임스는 자신에게 등을 보인 채
로 앞서 걸어가고 있는 유건의 모습에 작은 분노를
느끼고 있었다.

그 자리에 자신이 서고 싶다는 욕망.

그에게 그러한 분노의 감정을 품게 한 원인이었다.

"너와 나 둘 중 더 강한 욕망을 가진 자가 살아 돌아가겠군."

"그런가? 그렇다면, 살아 돌아가는 건 나야!"

한껏 이능을 개방하자 그의 등 뒤로 커다란 두 개의 불기둥이 생겨났다.

그와 동시에 사방으로 흩날린 불티들이 두 사람의 주변을 빼곡하게 에워쌌다.

"빨리 끝내자고, 기다리는 사람이 있거든."

"안타까운 일이 될 거다. 너는 절대로 되돌아갈 수 없을 테니까."

"그건 내가 할 소리!"

그의 외침과 동시에 주변을 떠다니던 불티들이 적을 향해 몰려들었다.

푸화하악~!

그를 중심으로 엄청난 불기둥이 뼛조각 하나 남김없이 태워버리겠다는 듯 기세를 올리며 솟구쳤다.

그것도 모자라서 그의 좌우에 포진해 있던 불기둥이 거기에 더해 엄청난 열기를 뿜어냈다.

멀리 떨어진 선발대들의 눈에 보일정도로 높이 솟구친 불기둥에 곳곳에서 나직한 탄성이 흘러나왔다.

이를 시작으로 그간 가만히 서있기만 하던 마물들이 선발대를 향해 괴성을 흘려대며 몰려들었다.

"모두 대열을 지키고 절대로 자기 위치를 벗어나지 마라! 명심해라! 지금 당장 눈앞에 보이는 적이다가 아니다! 최대한 힘을 아껴가며 적을 처리한다!"

제임스가 앞서 명시한 것처럼 유건은 결코 이런 곳에서 힘을 낭비해서는 안 되는 존재였다.

이를 잘 주지하고 있었던 밀리언이 동료의 도움을 받아 공중으로 몸을 띄운 채 커다란 소리로 외쳤다.

"우오오오오!"

그의 개전 선언에 화답하며 외치는 함성이 모두의 몸을 저릿하게 울려댔다.

누군가 날려 보낸 빛의 화살을 시작으로 인류의 존망을 건 선발대의 첫 번째 전투가 시작됐다.

. ☩ .

유건을 향해 달려들던 마물을 저만치 날려 보낸

강찬이 그를 향해 가볍게 고개를 끄덕인 뒤 전면을
향해 달려 나갔다.

마치 대포알 같은 그의 진격에 코끼리보다 몇 배
는 더 커다란 마물이 비명을 질러가며 뒤로 날아갔
다.

그를 시작으로 수많은 요원들이 유건을 지나쳐
전면으로 쏟아져 나갔다.

그들의 머리 위로 원거리 요원들이 날려 보낸 갖
가지 모양의 에너지 덩어리들이 마물들의 머리 위
에서 화려한 빛을 뿜어냈다.

눈길을 잡아끄는 그 빛의 향연이 끝난 자리에는
처참하게 찢긴 마물들의 시체만이 남아 있을 뿐이
었다.

물론 마물들도 가만히 당하고 있지만은 않았다.

기세 좋게 달려 나간 것과 달리 곧바로 튕겨져 나
간 이들의 비명이 머리위로 메아리쳤다.

그리고 원거리 공격에 반격하기라도 하듯이 꼬리
를 치켜든 각종 마물들이 마치 벌의 침과 같아 보이
는 각종 발사체를 쏘아 보냈다.

"크윽!"

자신의 팔에 틀어박힌 가시 같은 것을 뽑아내려
던 요원 하나의 눈이 뒤집혔다.

"독이닷!"

누군가의 외침을 들은 밀리언이 분주하게 전장을 오가며 외쳤다.

"그냥 막아내지 말고 모조리 쳐내도록 해! 독이 묻어 있다!"

그의 외침이 끝나기 무섭게 각종 환한 빛 무리가 상처 입은 요원들의 몸을 뒤덮었다.

치료 능력을 각성한 의무대 소속 요원들이 나선 것이었다.

그들이 본격적으로 나서기 시작하자 선발대의 피해가 급격하게 줄어들었다.

지금 상대하는 마물들은 분명 지금까지 그들이 상대해 왔던 몬스터들과 달랐다.

한층 더 강한 힘과 능력을 지닌 것도 모자라 피부가 몇 배는 더 질겨 쉽게 쓰러지지가 않았다.

게다가 생소한 능력을 지닌 녀석들도 많아서 선발대가 입은 피해가 생각보다 컸다.

의무대 요원들의 발 빠른 투입 덕분에 제법 많은 이들이 제때 치료를 받을 수 있었지만 그것만으로 누적되는 피해를 온전히 막아낼 수만은 없었다.

게다가 마물들은 죽으면 끝인 선발대와 달리 끊임없이 생산되고 있는 중이었다.

가볍게 손을 휘둘러 한쪽에 모여 있는 마물 무리를 순식간에 일소해버린 유건의 미간이 찌푸려졌다.

시작부터 입은 피해가 생각보다 너무 심했다.

지금 당장은 괜찮아도 이대로 계속 전투가 계속된다면 분명 급격하게 전력이 하락하는 순간이 도래하게 될 터였다.

그렇다고 해서 자신이 모든 전투에 나서서 힘을 소모할 수는 없었다.

작은 이득을 취하려다가 전멸이라는 최악의 결과를 맞이할 수도 있었다.

그렇게 그의 고민이 깊어질 무렵 첫 번째 전투가 점차 마무리되기 시작했다.

전투가 끝나고 전열을 정비하고 있을 때 즈음 뒤늦게 엉망이 된 모습으로 제임스가 돌아왔다.

"여어~"

힘겹게 손을 들어 흔드는 그를 향해 하루나가 제일먼저 달려갔다.

"어이쿠! 살살해. 이래봬도 중환자라고."

"바보! 왜 이렇게 늦게 와! 걱정했잖아…."

물기어린 그녀의 목소리에 제임스가 멋쩍은 듯 뒷머리를 긁적였다.

조금씩 어깨가 들썩거리는 걸 보니 자신의 가슴에 얼굴을 파묻은 채로 울고 있는 것 같았다.

"하, 거참~ 울지 마. 이렇게 돌아왔잖아."

"응."

그녀의 대답에 빙그레 웃은 제임스가 천천히 고개를 끄덕이는 그녀의 등을 부드럽게 쓰다듬었다.

다음날 정오 무렵.

유건의 우려처럼 어제와 비슷한 무리의 마물들이 그들 앞에 모습을 드러냈다.

느지막해서야 엉망이 된 채 귀환했던 제임스는 더 이상 앞으로 나서지 못했다. 어제 급하게 받은 치료로는 완전히 낫지 않을 만큼 상처가 깊었기 때문이었다.

어제와 달리 제법 덩치가 큰 마물들의 수장이 앞으로 나섰다.

오우거만한 덩치에 악마의 그것과 쏙 빼닮은 꼬리를 가진 자였다.

그는 어제의 마물처럼 일대 일의 결전을 할 생각은 없어보였다.

느물거리는 말투로 한참동안 자기가 얼마나 잘났는지를 떠들어대던 녀석이 갑작스럽게 마물들과 함께 선발대를 향해 들이닥쳤다.

"치사한 새끼."

나직이 투덜거린 강찬이 녀석을 향해 제일 먼저 뛰쳐나갔다.

처음부터 그의 말투가 영 거슬렸던 그였기에, 슬금슬금 앞으로 자리를 바꾸며 그와 격돌할 대비를 하고 있던 차였다.

그를 상대하기 위해 준비하고 있던 장 루이가 멋쩍게 웃으며 그 뒤를 따라 껑충거리며 다가오는 거대한 마물을 향해 몸을 날렸다.

전투를 지휘하는 밀리언은 어제 마주쳤던 마물들과 오늘 만난 마물들이 다르다는 사실을 확실하게 느낄 수 있었다.

마치 어제의 경험을 흡수하기라도 한 것처럼 자신들의 전술을 교묘하게 헤집는 적들의 움직임에 피해가 더욱 커졌기 때문이었다.

"카하악!"

마물들을 이끌고 나타난 거대한 덩치의 일격을 허용한 강찬이 한참을 뒤로 튕겨져 나와 격한 기침과 함께 핏물을 한 움큼 토해냈다.

"그리 호락호락하지 않다 이거지!"

소매로 거칠게 입가를 닦아낸 그가 다시금 전의를 다지며 전면을 향해 날듯이 달려 나갔다.

콰아앙!

그대로 기세를 실어 상대와 호쾌하게 부딪힌 강찬이 악다구니를 질러댔다.

"이 새끼! 넌 꼭 내가 잡는다!"

부족한 실력의 차이를 기백으로 메운다?

그건 말처럼 그리 쉬운 일이 아니었다. 그럼에도 불구하고 강찬이라는 젊은 청년이 적의 수장을 맞아 그 말이 가능한 것임을 몸소 실천해 보여주고 있었다.

선두에 서서 맹활약을 펼치는 그의 모습에 고무된 선발대원들이 다시금 힘을 내 적들을 몰아붙이기 시작했다.

거기에 더해 선발대원들에게 실전 경험을 시켜주기 위해 첫째 날엔 일부러 약간 뒤로 처진 채로 힘을 비축해두고 있었던 일급요원들이 전면으로 나서기 시작하자 전황이 급격하게 그들 쪽으로 기울기 시작했다.

팽팽하게 유지되던 기세가 한번 흐름을 타기 시작하자 적들이 급속도로 무너져 내리기 시작했다.

거기에는 적들의 수장이 한눈을 팔지 못하도록 지독하게 물고 늘어진 강찬의 공이 컸다.

전황이 자신들에게 불리해졌다는 걸 눈치 챈 녀석이 꽁무니를 빼기 위해 기회를 엿보기 시작했다.

이를 곧바로 눈치 챈 강찬이 젖 먹던 힘까지 다 쏟아부어가며 녀석을 몰아붙였다.

도망갈 기회를 찾느라 연신 눈을 돌리는 자와 내지르는 주먹 하나하나에 전력을 담아 모든 것을 쏟아 붇는 자.

그 둘 사이에 존재하는 작은 차이 하나가 놀라운 결과를 가져왔다.

콰아앙!

계속해서 가로막히던 자신의 주먹에 평소 느껴왔던 제대로 된 느낌이 전해져왔다.

한 눈 팔던 녀석이 결국 강찬의 주먹을 허용하고만 것이었다.

그렇지 않아도 강력한 힘을 자랑하던 강찬이 혼신을 다해 내지른 일격이었다.

곧바로 몸을 뒤로 빼기 위해 몸을 날리려던 녀석은 갑자기 풀린 다리로 인해 뜻대로 몸을 움직이지 못했다.

그런 녀석의 눈앞으로 크게 확대된 강찬의 주먹이 날아들었다.

"자, 잠깐… 컥!"

얼굴을 그대로 꿰뚫어 버릴 기세로 날아든 강찬의 주먹에 그의 정신이 일순 날아가 버렸다.

'제, 젠장.'

힘의 차이가 워낙 분명했기에 방심했던 것이 돌이킬 수 없는 결과를 초래했다.

"끄아아악!"

악다구니를 질러가며 강하게 진각을 구른 강찬이 그 힘을 그대로 실어 주먹을 내질렀다.

언젠가부터 흐릿해진 그의 두 눈에 오직 적의 얼굴만이 보였다.

콰직!

소름끼치는 소음과 함께 두개골이 함몰됐다. 수많은 마물들을 이끌고 나타난 적들의 수장이 그 자리에서 절명한 것이었다.

"허억, 허억! 내가 뭐랬어, 이 새끼야. 넌 꼭 내가 잡는다고 했지? 크크크크."

비틀거리며 웃던 그가 이내 정신을 잃고 쓰러졌다.

"웃차~!"

그의 주변을 맴돌며 줄 곧 떠나지 않고 있던 밀리언이 그의 몸이 바닥에 닿기 전 아슬아슬하게 그를 안아들었다.

"휘유~ 직접 보긴 했지만 참 대단한 걸?"

이제 갓 수습 딱지를 뗀 녀석이 보기만 해도 위축될 정도로 강한 적들의 수장을 상대한 것도 모자라 쓰러뜨리다니 정말 곁에서 보고 있는데도 믿어지지 않는 놀라운 결과였다.

그의 예상치 못한 활약 덕분에 두 번째 날 전투도 무사히 잘 끝마칠 수 있었다.

그런 그의 모습을 처음부터 지켜보고 있던 유건이 기분 좋게 웃었다.

이렇듯 인류는 포기하지 않은 채 살아남기 위해 곳곳에서 발버둥 치고 있었다.

녀석에게는 그저 유희에 불과할지 모르겠지만, 자신들에게는 생존이 걸린 문제였다.

그의 투지 넘치는 격전이 유건의 가슴에도 슬그머니 불을 지펴 놓았다.

몸이 근질거리기 시작했다.

그대로 두 장의 날개를 펼친 채 날아오른 유건이 남아있는 마물들을 향해 창을 날려 보냈다.

그의 마력을 듬뿍 머금은 신창 롱기누스가 낭창거리며 날아가 녀석들의 한복판에 내리 꽂혔다.

콰아앙!

엄청난 굉음과 함께 한곳에 뭉쳐 최후의 발악을 하던 마물들이 모두 사라졌다.

방금 전까지만 해도 마물들이 모여 있던 그 자리에는 거대한 크레이터만이 남아 있을 뿐이었다.

꿀꺽.

그들을 없애기 위해 대원들을 지휘하고 있던 일급요원들이 눈앞에 드러난 엄청난 힘의 흔적에 마른 침을 삼켰다.

유건의 마지막 활약 덕분에 힘을 아낄 수 있었던 선발대원들이 발 빠르게 전장을 정리하기 시작했다.

자신이 낳은 마물들이 두 번에 걸친 격돌로 인해 전멸했음에도 불구하고 태초의 마녀 릴리스는 전혀 신경 쓰지 않았다.

그를 향해 쉬지 않고 달려드는 수많은 마물들과 인간들을 상대로 새로운 마물을 낳는 일에만 몰두하고 있었다.

여전히 대부분의 마물들이 고만고만한 수준을 맴돌고 있었지만, 종종 그녀가 다시 돌아볼 정도의 힘을 지닌 강력한 마물들도 태어났다.

그 녀석들은 태어나자마자 자연스럽게 그간 태어

난 마물들을 이끄는 자리에 섰다.

그렇게 세 번째로 태어난 '나태(Sloth)'라는 이름을 부여받은 아름다운 여인이 나머지 마물들과 함께 궁 밖으로 나섰다.

᠅

이능력자들이 지니고 있는 자체 치유능력이 워낙 뛰어난데다가 치유 능력을 중복해서 각성한 능력자들이 대거 포진한 의무대의 활약으로 인해 팔 다리가 끊어져 나갈 정도의 중상이 아닌 이상 대부분의 능력자들은 원래의 상태로 회복 할 수 있었다.

게다가 진격하는 속도가 애초의 예상과 달리 무척이나 느렸기 때문에 낙오되는 인원 또한 찾아 볼 수 없었다.

물론, 더 이상 전투를 속행하기 힘들다고 판명된 이들은 주기적으로 후방의 요새를 향해 내보냈다.

가는 길에 생길 수 있는 미연의 사태를 방지하기 위해 제법 능력에 뛰어난 이들이 그들을 호위했다.

워낙 인원이 많다보니 그렇게 환자의 후송과 물자 공급을 전문적으로 담당한 이들의 숫자만 근 삼백여명에 달했다.

그리고 거기에는 스스로 자원하여 참여한 성희가 함께하고 있었다.

사실상 그녀 한 사람의 능력만 있어도 될 정도로 안전도가 급상승했지만, 그녀는 그렇게 사람들의 입에 오르내릴 정도로 주목 받기를 원하지 않았다.

워낙 조용하게 지내는 성격 탓에 의외로 그녀에 대해 모르는 이들이 많았다.

그렇게 의무대 소속의 요원을 돕는 역할로 분한 그녀가 다리가 거의 잘려 나가다시피 한 채 신음하고 있는 요원의 곁으로 다가가 조용히 읊조렸다.

"모든 육체의 고통을 거절한다."

그 즉시 괴로움에 몸부림치던 그의 얼굴이 편안해졌다. 그리고는 이내 고른 숨소리를 내며 깊은 잠에 빠져들었다.

고통뿐만 아니라 상처 그 자체를 거절한 그녀의 이능덕분에 다리의 상처가 언제 잘려나갔냐는 듯 깨끗하게 아물어버렸다.

"헤헷~!"

기분이 좋아진 그녀가 혹여나 누가 보기라도 할새라 조심스럽게 자리를 떠났다.

"어?"

"왜? 무슨 일 있어?"

뒤늦게 그의 상태를 발견한 의무대 요원 하나가 놀란 얼굴로 이리 저리 상처를 살폈다.

"차트 좀 줘봐."

"차트? 여기."

"맞는데? 오른쪽 하지 절단 환자. 근데 상처가 깨끗하게 아물어 버렸네?"

"그래? 어디 보자."

그의 동료 하나가 차트를 받아들고는 환자와 차트를 번갈아 쳐다보았다. 그의 미간에 깊은 골이 패였다.

"뭐, 가끔 이능력자들 중에 위기의 순간에 믿기 힘든 힘을 드러내는 이들이 있잖아. 이 사람도 그런 거겠지."

"그래도, 상처가 너무 완벽하게 나아버렸는데?"

"왜? 해부라도 해보고 싶어진 거야?"

"헉?! 아, 아니. 난 그게 아니라."

"짜식~! 농담이다 농담. 뭘 그렇게 질색을 하고 그래. 다른 환자들도 살펴봐야 되니까 서두르자고."

그의 어깨를 가볍게 두드리고 지나쳐간 동료와 편안한 얼굴로 잠들어 있는 환자의 모습을 번갈아 쳐다보던 그가 가볍게 머리를 흔들고는 그의 뒤를 따라 갔다.

그의 상처를 치유한 성희는 가벼운 편두통을 느꼈다. 지끈거리는 머리를 꾹꾹 눌러가며 밖을 쳐다보는 그녀를 향해 운전하고 있던 요원 하나가 말을 걸었다.

"두통인가 봐요?"

"아, 예. 머리가 조금….."

"저도 여기 오고 난 뒤 얼마동안은 저 검붉은 하늘을 볼 때마다 머리가 지끈거리곤 했었죠."

"아, 예."

"아직 적응이 안 되신걸 보니 오신지 얼마 안 되셨나 봐요? 보아하니 얼굴도 처음 보는 것 같고."

"그렇게 됐네요."

어색한 얼굴로 답한 그녀가 창문을 내린 뒤 창가에 턱을 괸 채로 바깥 풍경을 쳐다보았다.

이번에 새롭게 개화한 그녀의 이능은 공격적인 측면뿐만 아니라 치료적인 측면에서도 믿기 힘들 정도로 탁월한 위력을 발휘했다.

이를 이용해 사람들의 치료를 전담할 생각을 했었던 그녀는 공격이 아닌 치료의 목적으로 이능을 사용할 때마다 지독한 두통이 찾아온다는 것을 깨달았다.

작은 상처보다는 그 상처가 위중하면 할수록 그

통증은 심했다.

처음 이능을 각성했을 때는 막혔던 둑이 어물어진 것처럼 터져 나오는 힘으로 인해 전혀 인지하지 못했던 부분이었다.

편안한 표정으로 잠든 환자의 모습을 떠올린 성희는 그래도 이정도 두통정도는 충분히 감수 할 만하다는 생각을 하며 억지로 미소를 지었다.

그 순간.

콰아앙!

주변을 뒤흔드는 굉음과 함께 일행의 선두로 달리던 차가 폭발하며 하늘로 치솟았다.

뒤이어 하늘로 솟아오른 거대한 트럭이 공중에 멈춰 섰다.

한참 공중에 머물러 있던 트럭이 그대로 우그러드는가 싶더니 이내 형체를 알아보기 힘들 정도로 처참하게 변해버렸다.

바닥으로 흘러내리는 핏물이 그 안에 타고 있던 사람들의 마지막을 알려왔다.

"저, 저게 무슨?! 저, 저거 봤어요? 어라? 어디 갔지?"

다급히 차를 멈춘 사내가 너무 놀란 나머지 멍하니 정면을 쳐다보다가 옆을 돌아보았을 때 이미 성희는 차 밖으로 뛰쳐나간 뒤였다.

'사람들이 위험해!'

평소에는 사람 좋은 얼굴을 하고 있는 평범한 소녀의 모습이었지만 그녀도 적지 않은 사선을 넘어온 일류 전투 요원이었다.

앞으로 달려가며 주변의 상황을 파악한 그녀가 아랫입술을 깨물었다.

단순히 후방 부대를 기습하기 위해 몰려온 적들이 아니었다.

그렇다고 치기엔 마물들의 숫자가 너무 많았다. 게다가 지금 보이는 녀석들이 다가 아니었다.

어제까지만 해도 선발대를 공격했던 그 마물들의 무리가 하나 둘 씩 사방에서에서 모습을 드러내고 있었다.

앞쪽에서는 이미 후송 부대를 호위하던 요원들과 마물들 간에 격렬한 전투가 벌어지고 있었다.

비록 후방 부대의 안전을 위해 실력이 좋은 요원들이 추가로 파견되어 있다고는 하지만, 얼핏 봐도 수적인 차이가 너무 심했다.

성희는 그들 중에서도 유독 강한 기세를 뿜어내고 있는 여인을 향해 곧바로 달려갔다.

그녀는 본능적으로 그것을 상대할 수 있는 것은

자신뿐이라는 것을 깨달았다. 그녀의 양 손에서 투명한 장막이 수도 없이 만들어졌다.

찰나지간에 이루어진 판단과 그에 걸맞은 행동. 이는 그동안 그녀가 지나온 전장이 결코 헛되지 않았음을 보여주는 것이었다.

양팔을 좌우를 향해 활짝 펴자 그녀의 손끝에서 무수히 만들어진 장막들이 곳곳에서 전투를 벌이고 있는 아군들을 향해 날아갔다.

"응?"

"이, 이건?"

싸우던 와중에 생성된 투명한 장막에 놀란 요원들이 이내 그것이 자신들을 보호하는 역할을 한다는 것을 깨달았다.

누구의 능력인지를 아는 것은 지금 상황에서 별로 중요하지 않았다.

그녀의 이능 덕분에 전투를 이어가는 것이 훨씬 수월해졌다.

수적 열세로 인한 전세의 기울기가 얼추 균형이 맞춰졌다.

방어에 신경을 덜 쓰게 되니 그만큼 상대를 공격하는데 더 많은 힘을 실을 수 있었다.

나른한 표정으로 전장을 둘러보던 여인이 악마의

그것과 꼭 닮은 꼬리를 천천히 흔들며 자신을 향해
달려오고 있는 성희를 쳐다보았다.

"기분 나쁜 존재로구나. 죽어라."

그녀의 말이 끝나기 무섭게 달려오던 성희의 몸
이 거대한 불길에 휩싸였다.

처음 차를 날려 보낸 것이 누구인지를 알게 해주
는 대목이었다.

그러나 성희는 제임스를 통해 마물들을 이끌고
나타난 녀석이 보여주었던 놀라운 점들을 미리 전
해들은 뒤였다.

그렇기 때문에 이능력자들과 그것과도 같은 적의
공격에 전혀 당황하지 않았다.

인간 능력자들과의 관계를 통해 낳은 마물.

그것들 중 아주 일부는 인간의 형상과 거의 유사
한 형태를 갖춘 채 태어났다.

그들은 보통 마물들을 지휘하는 역할을 맡았는데
기본적으로 두 개내지 세 개 이상의 이능력을 가지
고 태어났다.

세 번째로 나선 지휘관급 마물, '나태의 마녀' 인
그녀는 폭발 능력과 염력의 두 가지 능력을 태어남
과 동시에 각성했다.

본능적으로 능력을 어떻게 사용해야 하는지 잘 알

고 있는 그녀는 자신의 폭발에 상대가 전혀 영향을
받지 않았다는 것을 즉시 깨닫고 미간을 찌푸렸다.

상대가 도망칠 수 없도록 주변에 염력장을 두른
뒤 폭발시킨다.

이것이 그녀가 선택한 최적의 공격 방법이었다.

그런데, 상대가 자신의 공격을 피한 것도 아니고,
그렇다고 견뎌낸 것도 아니었다.

말 그대로 그 모든 것들을 무시한 채 달려들고 있
었다.

태어남과 동시에 부여받은 수많은 지식들 속에도
이런 경우는 없었다.

어떤 상황을 대면할 때 그에 대한 선 지식이 전혀
없는 경우, 사람은 당황하게 되어 있었다.

그건 마물이라고 해도 다르지 않았다. 하물며 인
간을 기반으로 해서 만들어진 마물임에야.

그녀가 이해할 수 없는 상황으로 인해 잠시 멈칫
한 사이.

성희가 어느새 그녀의 지척에 도달했다.

"미안."

"……?!"

그녀의 복부를 향해 손을 내민 성희가 나지막하
게 외쳤다.

"거절한다!"

그 순간 그녀는 자신의 몸에 어떤 일이 벌어진 것인지 전혀 이해하지 못했다.

자신의 하반신이 순식간에 사라져버렸기 때문이었다.

"대체, 뭐⋯?!"

입을 벌려 뭐라 말을 하려던 그녀는 이내 자신이 말을 할 수 없게 되었다는 것을 깨달았다.

저 멀리 하반신이 사라진 채 공중에 둥둥 떠있는 자신의 상반신이 보였다.

'보여? 내 몸이?'

그녀의 목이 몸과 따로 분리되어 잠시 공중에 머무는가 싶더니 이내 처음부터 존재하지 않았던 것처럼 사라져버렸다.

털썩.

주인을 잃은 상반신이 힘없이 떨어져 내렸다.

"하악, 하악."

처음 이능이 개화했을 당시에는 적에게 자신이 어떤 일을 했는지 분명하게 자각하지 못했었다.

그러나 어딘가 불안했던 그녀의 이능은 유건과의 관계를 통해 완전하게 재정립됐다.

자신이 지닌 능력이 무엇인지 그녀는 분명하게

인식하고 있었다.

방금 그녀가 한 것은 상대의 존재 그 자체를 세계의 근원으로부터 잘라내 차원의 틈으로 던져 넣는 것이었다.

상대방은 이제 두 번 다시 돌아오지도, 그렇다고 다른 생명을 부여받지도 못하는 상태가 되었다.

아무리 태초의 마녀인 릴리스가 낳은 마물이라 할지라도 기본적인 바탕은 이 세상의 근원으로부터 부여된 것이었다.

그런데 그 근원 자체를 도려내버렸으니, 이에 비하면 죽음은 차라리 행복하다 여겨질 정도였다.

상대에게 저지른 끔찍한 사실로 인해 성희는 괴로워하고 있었다. 천성적으로 남에게 싫은 소리 하나 못하는 그녀였다.

제아무리 적이라고 해도 존재 그 자체를 세상에서 아예 지워버린다는 사실이 무겁게 다가왔다.

"헉헉, 하아~"

한참동안 숨을 몰아쉬던 그녀가 조금씩 안정을 되찾았다.

고개를 들어 주변을 돌아보자, 적의 우두머리를 순식간에 해치운 그녀의 활약에 고무된 요원들이 맹활약을 펼치고 있었다.

이러한 대규모 전투에서 사기가 얼마나 중요한 요소인지를 잘 보여주는 단면이라고 할 수 있었다.

"저, 괜찮으십니까?"

그녀의 곁으로 조심스럽게 다가온 의무대 소속 요원 하나가 조심스럽게 다가와 말을 건넸다.

입고 있는 옷은 의무대 소속임을 알려주고 있었지만, 방금 전 보여준 모습은 그게 아니라는 걸 잘 말해주고 있었기 때문이었다.

"네? 아, 네 괜찮습니다. 저는 괜찮으니 다른 분들을 돌봐주세요."

"아… 저, 네, 그럼."

잠시 머뭇거리던 사내가 돌아가는 모습을 일별한 그녀가 전장을 향해 눈을 돌렸다.

자신이 씌어준 보호막을 십분 활용해가며 싸워가는 요원들의 모습에 한결 마음이 놓였다.

'억지로 따라간다고 하길 잘했네.'

은근히 안 된다고 압박하던 유건을 향해 온갖 애교공세를 펼쳐가며 끝내 설득해 따라오길 잘했다는 생각이 들었다.

한편으로는 '뭐, 별일이야 있겠나?' 라고 생각하기도 했었다. 그런데 별일이 일어나고야 말았다.

아마도 돌아가게 된 다면 이 사실을 알게 된 유건

에게 호되게 혼날 것 같았다.

"헤헤, 그래도 사람들을 많이 구했으니까."

혼자 헤실 거리며 웃던 그녀가 잠시 비틀거리는
가 싶더니 이내 정신을 잃었다.

그와 동시에 각 개인들에게 씌어 있던 보호막이
사라져버렸다.

"크악!"

"커헉!"

수적 열세에도 불구하고 분전하던 요원들의 입에
서 동시 다발적으로 비명이 터져 나왔다.

그리고 지휘관을 잃은 것에 분노한 마물들의 대
대적인 역습이 시작되었다.

"막아랏! 환자들부터 빨리 대피시켜! 이대로는 전
멸한다!"

후방 부대를 호위하기 위해 파견된 일급 요원
하나가 자신에게 달려들던 마물들을 일소시킨 뒤
주변에서 분전하고 있는 대원들을 향해 소리쳤
다.

"하, 하지만."

"여기는 내가 막는다. 너희들은 어서 환자들을 데
리고 도망쳐! 어서!"

의도적인 이능의 폭주.

순간 평소의 수배에 해당하는 힘을 얻을 수 있지만, 그 부작용으로 인해 최소 반년이상, 최악의 경우 이능 자체를 잃게 되는 금단의 비법이었다.

이를 실행한 그의 눈이 터져버린 실핏줄로 인해 붉게 변해버렸다.

그리고 그의 얼굴에 돋아난 혈관들이 지렁이처럼 꿈틀거렸다.

"제, 제기랄!"

동료의 상태가 이미 돌이킬 수 없는 지경에 이르렀다는 것을 깨달은 요원들이 황급히 뒤로 물러섰다.

"으아! 으아아아악!"

비교적 호리호리하던 그의 몸이 마치 오크 워리어의 그것처럼 부풀어 올랐다.

"오라~!"

내부에서 끓어오르는 열기로 인해 혈관을 타고 흐르는 피가 기화되어 그의 주변에 붉은 운무를 만들어 냈다.

"크허허허헝!"

엄청나게 치솟은 그의 광포한 기세로 인해 도망치는 사람들을 쫓던 마물들이 그에게로 몰려들기 시작했다.

그 모습이 마치 부나방이 화려하게 타오르는 불

꽃을 향해 달려드는 것 같았다.

아비규환.

한 사람이라도 더 살리려는 이와, 자신의 목숨을 걸고 그들을 지키고자 하는 이.

그 생과 사가 교차하는 혼란의 전장 한 가운데 성희, 그녀가 쓰러져 있었다.

그러나 불행하게도 복잡하게 돌아가는 전장가운데서 쓰러진 그녀에게서 신경을 쓰는 사람은 하나도 없었다.

"이제야 손에 넣었군."

마치 원래부터 그 자리에 서있었다는 듯 그녀를 내려다보고 있던 검은 머리의 사내가 만족스러운 미소를 지었다.

"들어라."

그의 말에 그의 뒤편에서 조용히 시립하고 있던 검은 갑주를 입은 사내가 앞으로 나서서 그녀를 어깨에 들쳐 멨다.

그의 입에서 검은 연기가 계속해서 새어나왔다.

그의 정체는 바로 데스 나이트(Death Knight)!

과거 중간계에 커다란 혼란을 일으켰던 흑마법사들이 타락한 기사를 통해 만들어낸 최고의 마법 병기였다.

그녀를 들쳐 멘 데스 나이트 외에도 그와 똑같은 갑주를 입은 데스 나이트들이 셋이나 더 자리를 지키고 서있었다.

얼굴이 있는 부위에는 짙은 어둠이 가득 차 있어서 그 정체를 알아볼 수 없었다.

"크크크크, 이번에는 아주 재미있는 인형을 만들 수 있겠어. 과연 그 인형을 마주한 녀석의 표정이 어떨는지 무척이나 기대되는군. 크하하하하하."

그녀의 주변에서 전투를 펼치는 수많은 요원들이 있었지만, 그 어느 누구도 그녀를 납치해가는 이들의 모습을 인식 하지 못했다.

"돌아간다."

공간을 베어낸 것처럼 만들어진 통로 속으로 들어선 그들의 모습이 순식간에 사라졌다.

〈6권에서 계속〉